KEIKENZUMINAKIMITO
経験済みなキミと、
KEIKENZERONAOREGA
経験ゼロなオレが、
OTSUKIAISURUHANASHI
お付き合いする話。
その2

心が近づくと、
自然と相手に近づきたくなるんだね

c h a r a c t e r s

白河月愛
しらかわ るな

スクールカースト最上位グループ、深い考えなく陽キャとして生きてきた美少女。龍斗と付き合うことになり、周囲に斜め上の衝撃を与えた。

加島龍斗
かしま りゅうと

動画サイトを見るのが好きな、ちょっと陰キャ気味の高校生。罰ゲームをきっかけに憧(あこが)れの月愛に告白、なんとお付き合いすることに。

山名笑琉
やまな にこる

月愛の大親友で、男運の悪い月愛を心配している。近隣では「北中のニコル」として名を馳せていたらしい。将来の夢はネイリスト。

黒瀬海愛
くろせ まりあ

龍斗の初恋相手。龍斗たちの学校に転入してきて、今度は龍斗のことが気になってきた。事情により別に生活しているが、月愛の妹。

経験済みなキミと、経験ゼロなオレが、お付き合いする話。その2

長岡マキ子

ファンタジア文庫

3070

口絵・本文イラスト　magako

CONTENTS

プロローグ

今もまだ、付き合っていない頃の夢を見る。

夢の中の俺は、大勢の友人に囲まれる白河(しらかわ)さんを遠目に眺めて、今日も可愛(かわい)いなぁとひそかに胸をときめかせる。

……そうだよな、こっちが現実だよな。

白河さんと俺が付き合うなんて、夢の中でしかありえない。

頭の片隅でそう思いながら目を覚ますと、スマホに白河さんからメッセージが来ていた。

「おはよー！　今日めっちゃ可愛くメイクできたから見て♡」と、自撮り写真が添えられて。

いつも通り、とびきり可愛い白河さんが、こちらを見つめて微笑(ほほえ)んでいる。

「ヤバ……」

からっぽな寝起きの身体(からだ)に致死量レベルの愛(いと)しさがこみ上げてきて、むせ返りそうな、幸せすぎて泣きたいような気持ちになってくる。

まだ夢を見てるみたいだけど、信じられないことに、こっちが現実。

願わくは、この幸せが永遠に続きますように。

すでに一生分の幸運を使い果たした自覚はある。

だったら来世、再来世の運を前借りしたっていい。

白河さんと、ずっと一緒にいたい。

毎日「好き」を更新してる。

心からそう思える相手と出会うことなんて、俺の人生には、きっともう二度とないことだから。

第一章

七月に入り、白河さんと付き合って、初めての夏が来た。梅雨明けの発表はまだだが、今日は晴天で気温も三十五℃を超えたというし、空気はすっかり真夏のそれだ。

にもかかわらず、下校中、駅までの道筋で隣を歩く白河さんの表情は、梅雨空のごとく曇っている。

「あー……明日からテストとか、ヤバヤバのヤバじゃ〜ん！」

頭をクシャッとかいて、絶望のまなざしを天に向ける。

「えーん、やばたにえんのマーボー春雨〜」

「……なんか美味しそうだね？」

「も〜！　リュートはどうなの？　ちょー余裕って感じなわけ？」

「そ、そんなことはないけど……」

明日から始まる期末テスト。初日の教科は、英語の文法と選択理科と家庭科だ。

「英文法は今からだと単語くらいしか確認できないし、化学も……。家庭科は、今夜暗記しようと思ってるけど」

「あーリュート化学なのか〜。あたし生物だけどマジ意味わかんなMAXで、オワタ通り越してオタワだよー」

「……カナダの首都だっけ？」

「あ、そーなの？」

白河さんは一瞬きょとんとしてから、うっすら唇を尖らせる。

「てか、リュートってもしやめっちゃ頭いい系？　英文法なんてどんだけ確認しても激ヤバなのに、リュートはもう単語以外カンペキってことでしょ？」

「え、いや、そういうわけじゃ……」

あまりハードルを上げられてもと焦る俺を、白河さんは上目遣いでじっと見つめてくる。

「……な、何？」

「リュート、中間の英文法、何点だった？」

「え？　えっと……」

ああ確か、重要構文をミスして、思ったような点数じゃなかったんだ……と思いつつも、隠すほどひどくもないので答えるしかない。

「七十八か九だった……気がする」

八十の大台に乗らなかったのが悔しかったのを覚えている。

だが、そんな俺の告白を聞いて、白河さんの瞳が輝いた。

「えっ、ヤバっ！」

一瞬「どっちの意味？」と思ったが、その瞳の輝きを見れば、悪い意味ではなさそうだ。

「やっぱリュート頭いーんじゃん！　あたし三十五点だよ〜けっこー頑張ったのにな〜」

「そ、そうなんだ……」

それでも、この間のイッチーよりは高い点数だよ、なんて言ってあげたところで、白河さん的には「は？」だよな。

「今回の範囲なんてマジでイミフだし、中間より下がる気しかしないよ〜……」

「単語は？　単語は必ず十問出るって決まってるし、今からでも出題範囲を全部覚えたら絶対十点は取れるよ」

「えっ、ムリくない？　だって範囲の単語百個くらいなかった？」

「でも、何割かはもう覚えてる単語じゃなかった？　知らなかったやつだけ……」

「えーマジ⁉　あたし、なんも知らなかったよ〜……リュートすごいなー……」

アドバイスをしたつもりだったが、逆に追い込んでしまったようだ。白河さんは憂鬱な顔で肩を落としている。

「ちゃんと勉強しとけばよかったー、次は頑張ろーって、いつもテスト前になると思うんだよね。でも、テスト終わって次の範囲の授業になると、前の続きだから、やっぱ最初からぼんやりわかんなくて」

「そっか……」

「リュートみたいに、毎回ちゃんと積み重ねてたら、テストも普段の勉強のエンチョーって感じなんだろーな……」

「…………」

別に陰キャだから勉強でマウントを取ろうとしたわけじゃないのに、すっかり白河さんの元気を奪ってしまった。

お詫びというわけじゃないが、何か俺にできることはないだろうか……と思って、ふと思いついた。

「あ、じゃあ白河さん、よかったら、これから一緒に勉強する？」

今日はテスト前日なので、午前中での早帰りだった。今からどこかでお昼を食べようとしているところだったので、そのついでという感じでどうだろう。

「え？」

白河さんは目を見開き、心底驚いたような顔をしている。

「一緒に……勉強……？」

「うん。白河さんがよかったらだけど。俺も完璧じゃないけど、範囲は一通り理解してるつもりだから、もしかしたら教えられるところがあるかもしれないし」

「え、勉強って、他人と一緒にできるの？　あたしはリュートに教えたりできないけど」

「全然いいよ。ほら、よく言うじゃん、本当に理解してないと、人に教えられないって。俺も、白河さんに教えることで、自分がわかってないところが見つかるかもしれないし」

「あー……」

そういう考えもあるんだぁと呟（つぶや）いて、白河さんは俺を見上げた。

「めっちゃ嬉（うれ）しい。一人だと集中できなくて、ついネイル整えたりしちゃうんだよね。リュートと一緒なら、あたしも勉強できる気がする！」

その笑顔は、まるでこれから遠足に出かける子どもみたいに、期待と喜びで輝いていた。

だが、三十分後。

その表情には早くも翳（かげ）りが現れ始めた。

「はぁ～……なにこれ。完っ全にハジメマシテなんだけど」

A駅の駅前にあるファストフード店（この前、山名（やまな）さんと行ったチェーン店の別店舗だ）で、向かいに座った白河さんは、教科書を広げて頭を抱えていた。

「どこがわからない？」

「全部。すべて。この文イミフじゃない？　なにこれ」

白河さんが指したのは、次の文だった。

He is the last man to tell a lie.

「これか。まず『tell a lie』の意味はわかる？」

「えーっと……『リエにテルする』？　あ、わかった、電話？　おばあちゃんがよく『用事あったらテルして』って言うんだよね」

「おーっと……」

思ったより重症だ。

「じゃあ、その前の部分はわかる？」

「『彼は最後の男だ』……？」

「そうそう。『tell a lie』は『嘘（うそ）をつく』ってことだから、直訳すると『彼は嘘をつく最後の人間だ』ってことになる」

「仮に、世界中の人が、全員嘘をつく人間だったとして。より嘘つきな人から順番に嘘をついていったとき、彼が嘘をつくのは一番最後だ、ってこと」

「あーなるほど？」

「意味わかる？　つまり、彼は誠実な人間だ……ってこと」

「うん。……それって、リュートのことだね」

白河さんに言われて、俺は彼女を見る。

「え？」

そんな俺に、彼女は微笑みかけてくる。

「世界中の男が全員浮気するとしても、リュートは一番最後までしないと思う。あたしは、そう信じてる」

そう言って、視線を落として嬉しそうに笑った。

「付き合い始めてから、そんなふうに思える人って、リュートが初めて」

「白河さん……」

照れ臭くなって、意味なく顎を掻く。

「……どゆこと？」

もちろん浮気するつもりなんか毛頭ないけど、そこまで信じてもらえると、尻がむずむずしてしまう。

「……ということで、この文はわかった？」

「うん」

「じゃあ、次行こう」

恥ずかしいので、早く先に進もうとしたときだった。

「てか、ちょっと待って」

そう言うと、白河さんはノートとシャーペンを持って立ち上がった。そして、こちらへ近づいてきて、俺の隣に座る。

俺たちは、向かい合わせで座る二人用テーブルを囲んでいた。今まで白河さんが座っていた椅子タイプの席と、俺が座っている、壁に接置したベンチ型のシートがあって、ベンチシートは隣のテーブルまで繋がっているので、確かに二人くらい座れる余裕はある。

「え……えっ？」

急な接近に焦る俺に、白河さんはニッと笑いかけた。

「この方が見やすいでしょ？」

白河さんの言う通り、隣に座れば、わざわざ教科書を横にして、お互い真横からのぞく必要はない。

「う、うん。じゃあ、続きだね……」

動揺を隠して説明を続けようとするが、

「うんうん」

と白河さんが頷くのに合わせて、近くにある髪がふわっと揺れ、フローラルだかフルーティだかな香りが鼻腔をくすぐってくる。

「…………」

集中しろ、俺！

っていうか……さっき横を見て気づいたのだけれども。

同じ列のテーブルには、他にも何組かの男女二人組が座っていた。カップルなのか友達なのかはわからないけど、俺たち以外はみんな、女性の方が壁側……つまり俺たちが今座っている側に腰掛けている。

もしかして、世間では、そういう暗黙のルールがあるのか？ 女性は壁側だって？ いや、ベンチシートが女性優先ってことなのか……？ わからないけど、なんだか急に居心地が悪くなってきた。

「えっと……それで、だからね……」

英文法に意識を戻そうとするが、視線を落とすと、今度は隣にいる白河さんのスカートからのぞく白い太ももに視線を奪われてしまう。

触りたい……でも、俺のキャラで急にそんなことをしたら変態だ。

勉強中だぞ、ムラムラするな。耐えろ、俺！

「どしたの、リュート？」

「えっ⁉　いや、えーと、つまりだね……」

結局、俺は三回くらい白河さんに「え、どゆこと？」と聞き返されながら、なんとかそのページの説明を終えた。

「……あーそういうことだったんだ」

聞き終わった白河さんは、さっきまでより少しすっきりした顔をしている。

「もっとめちゃめちゃ難しいこと言われてんのかと思った。意外と簡単だったんだね」

「そうそう。文が長くなると難しく見えるけど、単語に形容詞がついたり、前置詞がついて増えてるだけだから」

「ゼンチシ？」

「あ、えーっと、inとかatとかの場所の説明とか、だね」

「ふーん」

その部分についてはあまりピンと来てなさそうなところが、わかりやすくて可愛い。

「でもよかった！　これでちょっと希望が見えてきたよー！　ありがと、リュート」

そう言って、白河さんは立ち上がる。

「ハンバーガー買いに行こっ！　安心したらお腹空いちゃった」

「そうだね」

席だけ取るつもりで教科書を並べたのに、白河さんの様子が気になって勉強を始めてしまったので、俺たちはいそいそと階下のレジへ向かった。

そうして昼飯をゲットして、テーブルに戻ってきたとき。

「あ……白河さん」

元の椅子席に座ろうとした白河さんに、俺は声をかけた。

「ん？」

トレーを置こうとしていた手を止めて、彼女が俺を見る。その大きな瞳が可愛くてまぶしくて、思わず目を伏せてしまう。

「あの、よかったら、そっち座って……」

奥のベンチシートを示して言うと、白河さんは「え？」と首を傾げる。

「いや、あの……」

なんと説明していいかわからず、口籠もりながら言う。

「俺、女の子と一緒に何かしたりするの慣れてなくて……なんかいろいろ抜けてたらごめん。そっちの方が、いい席なのかなって気がついて。だったら、白河さんに座ってもらいたいなって、思ったんだ……」

「えっ……」

白河さんは、そこで頬をポッと赤くした。

「べ、別にあたしはどっちでもいーんだけど……」

そう言いながら、トレーを奥側に置いて、白河さんはベンチシートに腰を下ろす。

「……ありがと、リュート」

頬を紅潮させたまま、白河さんは俺を見上げて微笑んだ。

「ごめん、スマートにできなくて……」

「ううん」

白河さんは微笑を解かずに首を振る。

「マニュアル的にエスコートされるより、ずっと嬉しいよ。リュートのそういうとこ……好き」

「……っ⁉」

心臓がドキンと鳴って、彼女から目が離せなくなる。

白河さんは恥ずかしそうに笑った。

「ほら、リュートも座って」

そして、照れ隠しのように、わざとらしく声を弾ませる。

「どうせ、食べ終わったらまた隣に座るんだからさ！」

「えっ⁉」

「そうでしょ？　勉強教えてくれるんじゃないの？」

上目遣いに見つめられ、動悸(どうき)は収まるどころか激しくなる一方だ。

こんな可愛い彼女と一緒に試験勉強ができるなんて……冗談抜きに、俺は世界一の幸せ者だと思った。

◇

翌日から試験が始まり、試験中の放課後も、白河さんとの勉強会は続いた。

近隣の高校も試験が近いのか、いつものファストフードは、勉強中の高校生で連日賑(にぎ)わっていた。

勉強会三日目、いつものように昼食を食べて、少し勉強したあと。休憩を取ることにして、向かい合わせに座り直した俺たちはシェイクを飲んでいた。

「……なんかさ、カップルで勉強してる高校生って、けっこーいるんだね」

周りを見回して、白河さんがふと言った。

そう言われてみれば、斜め向かいにも制服を着た男女がいて、テーブルを挟んで無言でノートにペンを走らせている。俺は、知らない人と目が合うのが苦手なので、あまりキョロキョロできないが、白河さんは他にも何組か見つけたのかもしれない。

「すごいなぁ。あたしにとっては、彼氏と勉強するのって……すごいザンシン？　なことだったのに」

「斬新……」

おそらく「新鮮」と言いたかったのかな、と頭の片隅で思って、白河さんの言葉の意味を考える。

試験前日、俺が「一緒に勉強しよう」と言ったときの彼女の様子を思い出した。

——え、勉強って、他人と一緒にできるの？

初めてだったんだろうか。こういうデート（？）は。

……元カレとは、しなかったんだろうか。

だとしたら、なんでだろう。

なんとなく訊いてもよさそうな雰囲気だったので、俺は口を開いた。

「前の彼氏……たちに、勉強教えてもらわなかったの？」

確か、大学生の元カレもいたとかいう噂なのに。元カレへのモヤモヤは別にして、純粋に疑問だった。

最初は元カレのことなど考えるだけで嫌だったけど……もしかして、俺の中に、少しは自信が芽生え始めているのだろうか？

白河さんの彼氏としての。

「え……？」

白河さんは、不意をつかれたような顔でこちらを見た。俺と目が合うと、おずおずと首を横に振る。

「……なかったね。あたしの成績とか、みんなあんま興味なかったみたいだし……。『女の子は、勉強できなくても可愛いから得だよな』とか言われたりして」

それを言われて白河さんがどう思ったかは、彼女の固く引き結んだ口元が示している。

そんな彼女を見て、俺の中での元カレへの怒りが再燃する。

「そっか……」

白河さんは別に、勉強ができなくてもいいと思っていたわけではない。俺とこうして試験勉強をしていることからも明らかだ。それなのに、そんなことを言うなんて。思いやりがなさすぎる。

そう思って押し黙る俺を、白河さんが微笑んで見つめる。

「リュートが初めてなんだよ。あたしに何かしてくれようとする人」

その瞳は、ほんの少し細められて揺れ、頬は薔薇色に輝いている。

「だからあたしも、いっぱい初めての気持ちになるんだ」

「白河さん……」

胸がいっぱいになって何も言えなくなっていると、白河さんの微笑みに、はにかみが織り混ぜられる。

「……さっ、また勉強しよっか」

両手で顔を扇いで、髪の毛を触る。恥ずかしいときの仕草だ。

「そうだね」

こんな可愛い彼女を、俺は絶対に傷つけたりしない。

そんなふうに誓ったこのときの俺は、これから起こる波乱に満ちた夏の出来事を、まだ何一つ予見できていなかった。

◇

期末試験は粛々と進んでいった。

四日目の試験日には、帰りのＨＲで初日の英文法のテストが返ってきた。

「わー、見て見てリュート！」

答案を受け取った白河さんが、そのまま俺の席へやってくる。

「じゃーん！」

どんな素晴らしい得点が……と思って見た俺は、名前欄の横に書かれた「四十二」の数字に眉をひそめる。

「……ん？」

白河さんが「どう？　どう？」といった顔で見てくるので、どんなリアクションをしていいかわからなくなる。

「おお……？」

「すごくない？　絶対前回より下がると思ってたのに、上がったんだよ！　リュートのおかげだよ、ありがと！」

「ああ、いや、そんな大したことは……」

「リュートは何点だった？　見せてよ」

「ああ……」

白河さんに言われて答案を見せると、彼女の大きな瞳が見開かれた。

「すっごーい！　リュートってば神じゃん⁉」

「いやいやいや……！」

まるで百点の答案を見せられたかのようなリアクションだが、八十七点なので、クラスメイトに注目されたら恥ずかしい。

「よかったね、白河さん。前回より上がって」

強引に話題を戻すと、白河さんは笑顔で頷く。

「うん！　ありがと、リュート！」

そうして彼女が自分の席に帰って、やれやれとテスト用紙をしまおうとしたときだった。

「加島くん」

隣の席から声がして、目を向けると、黒瀬さんがこちらを見ていた。

黒瀬さん……白河さんの双子の妹で、俺が中一のときに告白してフラれた相手。

両親の離婚によってお母さんに引き取られ、お父さんを白河さんに取られたと恨んでおり、転入してきた当初、白河さんの悪い噂を流していた。

あの一件以来、黒瀬さんと話すことはほとんどなかった。毎朝挨拶くらいはするけれども、黒瀬さんはいつもモジモジしているし、こちらも気を遣っていた。自分の生い立ちにかかわるような話をした俺に、気まずい気持ちがあるのは当然だろう。

「何？」

だから、話しかけられたことを意外に思って返事すると、黒瀬さんはおずおずと口を開いた。その頰は少し赤くなっている。

「加島くんって、頭いいんだね」

「えっ？」

「点数、見えちゃった。英語得意なの？」

「え、ああ……」

白河さんに渡したり、受け取ったりしていたからか。見せびらかしたかったわけではないので恥ずかしくなって、折り畳んだテスト用紙を今度こそ鞄にしまった。

「別にそんな……。苦手じゃないとは思うけど」

「いいなぁ。わたし、ちょっと苦手。明日の英会話も心配なの」

黒瀬さんは眉を八の字にして、口角を上げる。そして、やや遠慮がちに切り出した。

「ね……よかったら、勉強教えてくれない？」

「え……」

戸惑っていると、黒瀬さんは慌てて口を開く。

「あ……この前、加島くんに怒られたことは、わたしが悪かったって反省してるから。わたしのこと、ちゃんと叱ってくれた加島くんには、感謝っていうか……とにかく、悪い気持ちは持ってない」

「……そ、そっか」

それならいいんだけど……。

白河さんを辛い目に遭わせたという点で、俺の方はまだ黒瀬さんにわだかまりを持っているのだが。白河さん自身はもう気にしていない様子だし、許してあげた方が、きっと彼女のためにもいいんだよな……黒瀬さんは、白河さんの妹なんだし。

複雑な感情から思いを巡らす俺に、黒瀬さんは目を伏せて話す。

「わたし、まだ学校に馴染めてなくて……友達も少ないし……加島くんに教えてもらえたら、嬉しいんだけど」

「そ、そう……？」

それにしたって、なぜよりによって俺？　気まずくないのか？　と思うが、あの一件で、黒瀬さんがクラスメイトから腫れ物のごとく扱われるようになってしまったのは事実だ。

一部の心優しい女子と、顔目当ての男子は相変わらず彼女に話しかけているようだけれども、確かに特定の仲良しとつるんでいる気配はない。

自業自得とはいえ、ちょっと気の毒には思っているが……。

「ごめん。試験中は白河さんと勉強する約束してるから」

そう断ると、黒瀬さんは俯いて唇を引き結ぶ。

「……そう。わかった」

発した声色は落ち着いていたので、俺は安心する。

と、黒瀬さんはすぐに顔を上げ、再び俺を見た。

「じゃあ、夏休みとかは？　わたし数学も苦手だし、宿題でわからないところとか訊けたら……」

それを聞いて、俺はちらと後方を見る。

「数学なら、俺よりイッチー……伊地知くんの方が得意だよ。紹介しようか？」

全体的に散々だった中間でも、数学だけは高得点だったから実力は確かだと思う。

だが、俺の親切心が伝わらなかったのか、黒瀬さんは一気に表情を強張らせる。

「……いい」

硬い声で、そう答えたかと思うと、またすぐに目を上げる。

「じゃ、じゃあ……ＬＩＮＥのＩＤだけでも訊いていい？」

「えっ、イッチーの？」

「違う！　加島くんのっ！」

怒りがちに返されて、理不尽さに戸惑う。

「い、いいけど……俺からは連絡しないよ？」

山名さんからＬＩＮＥメッセージが来たのを見たときの、白河さんの微妙な反応を思い出す。白河さんを不安にさせないと誓った手前、他の女の子への連絡はなるべく控えたい。

「……いいよ。わたしが連絡したいから」

黒瀬さんが暗い表情で答えて、俺はたじろぐ。

「そ、そう……」

そんなに友達いないのか……。気の毒を通り越して、少し心配になってきた。

「……ありがと」

先生に隠れて机の下で友だち登録をすると、黒瀬さんはわずかに頬を染めてつぶやいた。

ああ、やっぱ可愛(かわい)いな……。

俺が今好きなのは白河さんだけど、こういう黒瀬さんを見ると、彼女に惚(ほ)れていた頃の気持ちを思い出す。

でも終わったことだから、と、少しのさびしさを感じながら、彼女の連絡先を記憶したスマホをロックした。

◇

期末テストの最終日の朝、気象庁から梅雨明けが発表された。

「やったー、夏休みだーー！」

二人で辿(たど)る帰り道で、白河さんは久しぶりに心から晴々とした顔をしていた。

「にしても、あっつー！　溶けそ〜」

白い雲が漂う真夏の正午の晴天を見上げて、白河さんは「うへぇ」と舌を出す。

谷間の見えそうな胸元に手で扇いで風を送り込むから、つい視線がそちらに向いてしまってドギマギする。

「海行きたいね〜海！　地上とかマジムリ」

「って、海潜るの？　ダイビング？」

「んーん、ビーチにいるだけ〜。時々海入れば涼しいじゃん」

「あ、そういう……」

だったら浜辺は「地上」なのでは？　と思ったが、揚げ足を取る男だと思われると不本意なので黙った。

すると、白河さんが俺の目をのぞき込んでくる。

「ねえねえ、明日ってなんの日か覚えてる？」

「えっ？」

なんだっけ……と考えていたら、白河さんが「もー」と唇を尖らした。

「一ヶ月！　うちらが付き合い始めて一ヶ月の記念日だよ」

「……あー！」

言われてみれば、俺が告白したのは先月の今頃だった。

白河さんと一緒にいると毎日が新鮮で刺激的なので、もうずいぶん経った気がするけど、まだ一ヶ月なんだな。

「ねー、一ヶ月記念に海行かない？　梅雨明けしたし」

「え？　うん……いいよ」

とは言ったものの、海水浴なんて、小学生の頃、親に年一で連れて行かれたくらいの経験しかない。

「やったぁ！　じゃあ明日ね！」

「う、うん……」

しかも、明日。下見をする余裕もない。

っていうか、海⁉

まさか水着を着た白河さんが見られるってことか⁉

ビキニ姿の白河さんと、一日一緒にいられる……⁉　夢中になって遊んでるうちに、はちきれんばかりのものがポロリしてしまったり……はさすがにないと思うけど、ヤバい、妄想が止まらない……！

「……どしたの、リュート？　ぼーっとして」

「いっ、いや！　なんでもない」

いけない、いけない。こんなところで妄想して前かがみで歩いていたら、白河さんに即バレてしまう。

「た、楽しみだね、海」

「うんっ！　めっちゃ楽しみーっ！」

こうして俺たちは、明日、一ヶ月記念の海デートをすることになったのだった。

第一・五章　黒瀬海愛の裏日記

加島龍斗って何様のつもりなの？

こんなに可愛いわたしが連絡先を聞いたのに、あの態度って。

しかも、わたしが送ったメッセージへの返信もそっけないし。

悔しい……。

悔しいけど、加島くんのことが頭から離れない。

わたしを叱ってくれたときの、真剣なまなざし。わたしにちゃんと向き合ってくれた、お父さんを除いて、たった一人の男の人。

それなのに、わたしがどんなに笑顔で話しかけても、加島くんの笑顔は、いつだって月愛に向けられている……。

そっか……加島くんって、ちょっとお父さんに似てるんだ。

お父さんも、お母さん以外の女の人のことなんか見てなかった。一瞬よそ見することはあったかもしれないけど、ただお母さんだけを愛してた。

それなのに、お母さんはお父さんを捨てた。

加島くん、気づいて。あなた、月愛に騙されてるよ？　きっとそのうち捨てられる。月愛はお母さんによく似てるもの。

だから、加島くんにはわたしの方が合ってるよ。

早く気づいて？

わたしの心はもう加島くんのものだから……。

第二章

　翌日も、朝から見事な夏晴れだった。

「おはよー！　めっちゃ楽しみっ！」

　駅のホームで落ち合った白河(しらかわ)さんの格好は、すでに真夏のビーチ全開だった。

　まるっと肩を出した、なのに二の腕にだけ袖がヒラヒラついている不思議なトップスは、南国の植物調のプリント……こういうの、ボタニカル柄とかいうんだっけ？　で常夏(とこなつ)感満載だし、ダメージデニムのショートパンツは丈が短く、このままどんどんほつれてパンツが見えてしまわないか心配になる。それに大きなバッグとつば広の麦わら帽子を合わせて、このままハワイにでも旅立てそうだ。

「楽しみすぎて、全部夏休み用に買っといたアイテムでコーデしてきたのー！　水着もおニューだよ～！」

　白河さんはウキウキした様子で報告してくる。

「ねぇねぇ、どうかな？」

「うん。……似合ってるよ」

俺が言うと、白河さんはひまわりが咲いたような笑顔になる。

「わぁーい！」

その場で飛び上がりそうなくらい喜んで、彼女は俺の腕を取った。

「行こ行こ！　早く電車乗って、海行こーっ！」

今日は、白河さんの提案で、江ノ島に行くことにしていた。小さい頃に家族でドライブがてら行っていたらしく、久しぶりに行きたいということだった。

「白河さんって、夏は海よく行くの？」

運良くA駅から電車内で座れて、俺たちは並んでおしゃべりした。

「んーん。最近はプールばっかだったなー」

「そうなんだ？　海好きそうなのに」

「うん。好きなんだけどさー、女子だけで行くとナンパがウザいんだよね」

「へ、へえ……」

思わず、白河さんがサーファー系イケメンにナンパされるところを想像して、顔が引きつってしまう。

馴れ馴れしく「いいじゃん、行こうよ」とか言って、素肌の腰に手を回したりして……。

想像するだけでしんどすぎる。

そんなやつでも、告白されたときにフリーだったら、付き合ってしまっていたんだろうか？　そして浮気されて……。

「だからね、彼氏いるときじゃないと行けないんだけど、最近、夏はフリーなこと多かったから」

「…………」

「でもね、今年は叔父さんがー……」

話を続けようとしていた白河さんが、そこで俺の顔を見て、言葉を止めた。

「リュート？」

「ん？」

「……どうかした？」

「えっ？」

俺が尋ねると、白河さんは少し眉根を寄せる。

「んーとね、あたし、最近ちょっとリュートの考えてること？　気持ち？　わかるようになってきた気がするんだ」

何が言いたいんだろう、と思っていると、白河さんは俺をじっと見つめる。

「リュート、あたしが元カレの話すると、ちょっとビミョーな顔になるよね」

「えっ……いや、あの」

バレていたのか、と焦っていると、白河さんは真面目な顔で言った。

「大丈夫だからね？　元カレとか、もう今は誰とも繋がりないから。あたし、別れるとＬＩＮＥアカウントごと消すし。連絡先それしか知らないから。友達からはめっちゃ苦情来るけど」

「う、うん……わかってるよ」

白河さんを疑っているわけじゃない。俺の気持ちの問題なんだ。

「気にさせてごめん。別に疑ってるとかじゃないから」

「そうなの？」

「うん。女の子と付き合うの初めてだから、いろいろ慣れてなくて……そのうち普通にできるようになると思うから」

「そっかー……？」

白河さんは完全に納得の行った様子ではないが、その話題を終わらせることにしたようだ。

「でさー……あれ？　なんの話してたっけ？」

「えっ？　なんだっけ？」

「まあいいや。そうだ、昨日の夜から新しくゲーム始めたんだけどさー」

それから白河さんがスマホのパズルゲームの話を始めて、俺もダウンロードして二人でライフを送り合いながらプレイしていたら、あっという間に藤沢に着いた。

藤沢から江ノ電に乗り換えて五駅。A駅から一時間半ほどかけて、俺たちは江ノ島に到着した。

◇

そうして、江ノ島のビーチにやってきた。

砂浜は大勢の人で溢(あふ)れ返り、太陽が真上から燦々(さんさん)と照りつけている。サングラスをかけたギャルや、ツーブロックのいかついお兄さんが、大音量のアゲアゲミュージックをBGMに水着姿で闊歩(かっぽ)しているのを見ると、陰キャな俺はそれだけでビビってしまう。

なんとか海の家にたどり着いて、ロッカーを借りて準備する。白河さんより早く着替え終わった俺は、外でそわそわと彼女を待っていた。

白河さんの水着……白河さんの水着……考えただけで血圧が上がってくる。ビーサンを脱いだら足の裏が灼けるようなこんな砂浜で、白河さんの水着姿なんて見てしまったら……熱中症になって倒れてしまうんじゃないだろうか。

大丈夫だ。昨晩充分イメトレしておいたし、いくら俺が童貞だからって……。

そのときだった。

「だーれだっ！」

しなやかな手に目元を急に塞がれ、耳元で明るく可愛らしい声がした。辺りに漂う、フルーティだかフローラルだかな香り。

「……し、白河さん？」

動揺しすぎて、疑問形にしてしまった。白河さん以外いるわけない。

手とはいえ不意打ちで触れられた肌に、間近に感じる息づかいに、脳みそが沸騰して吹きこぼれそうだ。

「せいかーい！」

視界が明るくなって、俺は背後を振り返る。

そこにいたのは……。

「じゃーんっ！　どう？」

ビキニ姿の白河さんだった。

「………」

どんな水着を着ていても絶対褒めようと思っていたのに、思わず言葉を失ってしまった。

白河さんの水着姿は、想像以上の良さだった。

均整の取れた身体を引き立てる、コンシャスなシルエットの花柄ビキニ。日焼け対策でパーカーやレギンスを合わせている女の人も少なくない中、白河さんの潔いビキニ姿は、セクシーどころかいっそ健康的だ。

重そうな両胸を支える、ブラジャー型の水着から目が離せない。いつもは制服のブラウスから谷間の陰がのぞいているだけだが（それでもドキドキするけど）、今や谷間の全貌や胸の輪郭までもがしっかり確認できる。ヒップから太ももへのラインも、適度に肉感的で素晴らしい。

こんな女神のようなスタイルの美少女が、俺の彼女だなんて……。うちの高校はプールがないし、クラスメイトは誰もこんな白河さんを知らないだろう。

日頃から隣にいるだけでドキドキしているのに、こんな格好の白河さんと、一日一緒にいられたら……そして、何かの拍子に肌と肌が触れ合ったりしたら……あ、ダメだ、あんまり考えていると頭がおかしくなりそうだ。俺も水着で薄着なので、興奮しすぎるのは避けたい。

「え、何？　なんか変？」

自身の全身をチェックする白河さんを見て、その姿を脳内でことほぎ讃えていた俺は、慌てて首を振った。

「いやっ！　えっと、そのっ……！」

「え？　なになに？」

白河さんは、面白そうにずいっと近寄ってくる。限りなく裸に近い魅惑的な肢体から、目を逸らしつづけることができない。

あ、わかってるな、これ。俺が照れすぎてて何も言えないって。

悔しいけど、どうすることもできない……。

「ほれほれ〜！　ビキニ女子と海デートできて楽し？」

俺の反応がそんなに面白いのか、白河さんはなおもからかってくる。

「し、白河さん……！」

「あは、リュート真っ赤だよ〜！」

そう言うと、白河さんは俺の手を取って、波打ち際の方へ引っ張った。

「ほら、行こ！　早くしないと夏終わっちゃうよ〜！」

「まっ、まだ始まったばっかだよ！」

感じる体温に逸る鼓動と、火照る頬を恥ずかしく思いながら、なんとかそれだけはツッコんだ。

「ねぇ、リュート。日焼け止め塗ってくれない？」

浜辺にレジャーシートを敷いて荷物を置いたとき、白河さんがそんなことを言ってきた。

「背中が届かなくてー……いい？」

な、なんですと⁉

「……う、うん」

生唾を呑みながら、頷く。

白河さんの背中に日焼け止めを塗る……ということは、当然、肌に触れるということだ。

「ありがとー！　はい、これ」

と白河さんが日焼け止めのボトルを渡してきて、レジャーシートにうつ伏せに寝そべる。

ちゃんと布がある前面と違って、背中側の水着は紐一本で、上半身はほぼ裸といっても過言ではない。

華奢な白い背中……小ぶりながらもしっかり隆起した丸いヒップライン……。

ヤバい。脳みそが沸騰しそうだ……。

「じゃ、じゃあ、塗るよ……」

「はーい、お願い！」

緊張して固くなる俺とは反対に、白河さんはリラックスした明るい声で答える。

その白い背中に日焼け止めを取った手で触れると、つるりと肌をなめらかに滑った。当たり前だけどほんのり温かくて、いつまでも塗っていたくなる触り心地だ……なんてことを考えていると知られたらキモがられるので、あくまでも仕事に徹しているフリで、黙々と日焼け止めを伸ばしていく。

「あ、水着の下も塗ってー！　紐ずらしていいから」

なんとなく水着周りを避けているのが悟られたらしく、そう声をかけられる。

「お、おふ⁉　……うん、わかった」

焦って変な声が出てしまったが、気づかれなかっただろうか。

ドキドキしながら紐を左手で持って、その下に日焼け止めのついた右手を差し入れる。

同じ背中という点では変わらないのに、なんでこんなに鼓動が速くなるのだろう。

「んふっ！」

急に白河さんがこもった笑い声をあげて、俺の手が止まった。

「ど、どうしたの？」

「リュートの触り方、なんかくすぐったくて」

「あ、ごめん……」

　ベタベタ触ると悪いかなと思って、遠慮がちに触れていたせいか。

　それにしても、今の白河さんの声、めっちゃエロかったな……。

　悶々と噛み締めていると、血流が一箇所に集まりそうになってしまうので、それからの俺は、九九の十三の段について考えながら、ひたすら日焼け止め塗りマシーンと化した。

「ありがと、リュート！」

　塗り終わると、白河さんは元気に礼を言って起き上がった。

「いや、こちらこそ誠にありがとうございます……」

「え？　何が？」

「えっ⁉　ううん、なんでもない」

　しまった、心の声が漏れた。

　ただ日焼け止めを塗ってあげただけで、精神的に消耗してぐったりしてしまった。平然と海水浴デートしている世の中の彼氏を尊敬する。

　俺、キモいよな……童貞丸出しだ。

周りを見てみれば、彼女連れで来ている男たちの堂々たる振る舞いに圧倒される。

地元の人が多いのか、みんなすでにうっすら小麦色だし、細くても筋肉質で、髪型とかもイケてる気がする。そうだよな、彼女と海デートしようと思えるくらいのリア充なんだから。

同じ高校生くらいに見える男が、彼女のビキニの腰に手を当てて歩いているのを見ると、思わず「お前、人生何周目だ？」と訊きたくなる。陽キャはすごい。

きっと、白河さんの元カレたちも……。それに比べて俺は……。

そう考えると、インドアがバレバレの、自分のなまっちろい身体が恥ずかしくなる。水着だって、中三のときに、受験勉強のストレスから男友達となぜかプールに行こうという話になったときに買ったのを引っ張り出してきた年代物だし。

俺みたいな男が、こんな場所で、こんな可愛い女の子と一緒にいるなんて、おかしいよな……。

「リュート！」

そのときだった。

目の前にピンクの球体が飛んできて、反射的に両手で受け取る。

ビーチボールだった。いつの間にか海の方に移動していた白河さんが、俺に向かってボールを投げたのだ。

「早く海入ろー！　おいでおいで～！」

その弾ける(はじ)ような笑顔を見たら、今考えていたことが少しどうでもよく思えた。

「行くよ！」

白河さんに答えて、俺も海へ向かった。

そうして海に入った俺たちは、ビーチボールを近距離でトスし合った。

「行くよー、リュート！」

「うん！」

「それ～！」

「はい！」

「きゃっ、水かかったぁ～！」

あまり離れていないので、ボールを打つ俺の手から飛沫(しぶき)が飛んで、白河さんの顔にかかってしまったみたいだ。

「あっ、ごめん！」

すると、白河さんはやんちゃな笑みを浮かべた。

「じゃあ、お返しだぁっ！」

「わっ！」

顔に水をかけられ、生臭くてしょっぱい味が口に広がる。

「やったな、白河さん」

「えへへ」

白河さんが、いたずらっ子のような顔でこちらを見ている。

「……よーし」

「きゃっ！」

俺が軽く水をかけると、白河さんは身を捩（よじ）って逃げた。そして、すぐに水面（みなも）を手ですくって、こちらへかけてくる。

「わっ！」

負けていられない、と俺も水をかけ返す。メイクしているであろう顔が濡（ぬ）れると悪いかなと思って控えめにしていたが、向こうは容赦なしなので、だんだんこちらも大胆になってくる。

「あはは、やめてー、リュート！」

「そっちこそー！」

真夏の昼の太陽の下、俺たちは子どものように歓声を上げて、水遊びを楽しんだ。

◇

どれくらい遊んだだろうか。水のかけ合いの次には、借りたフロートに一人ずつ乗って沈め合ったり、水の中でただ追いかけっこをしたりしているうちに、気がつけば太陽の位置はずいぶん変わっていた。

白河さんは、人を楽しくさせる天才だ。海なんてリア充のためのものだと思っていたし、白河さんと付き合う前は、高校生にもなって海なんか行って何するんだよと思っていたが、いつの間にかすっかり海を満喫してしまっている自分がいる。

「うわ、髪びちょびちょだぁ」

一旦休憩することにして海から出ると、白河さんが髪の毛を絞りながら笑った。

「あー楽しかったぁ」

白河さんは海に入る前に髪をまとめていたけれども、それも無意味なほど頭から濡れていた。フロートから落ちたりしたのだから当然か。

「お腹空かない？」

「そうだね。何か食べようか」

それから俺たちは海の家で焼きそばやたこ焼きを買い、砂浜に敷いたシートの上で食事をした。

お腹が落ち着いた頃、白河さんはふうっと嘆息して空を仰いだ。

「今日、お天気良くてよかったね〜！」

「そうだね。台風が急接近してるとかいう話もあったけど、どっか行ったのかな」

梅雨明けと共に台風襲来だなんて、つくづく昨今の日本は異常気象だと思う。

「あたしの日頃の行いのおかげかな〜！　リュートは感謝しなよ？」

それに関してはツッコむべきこともないので、俺は「だね」と笑って、持っていた瓶ラムネをグビっと飲む。

だいぶ見慣れてはきたけれども、こうして隣に……ちょっと身じろぎしたら肌と肌が触れ合いそうな距離に、水着姿の白河さんがいると思うと、まだドキドキする。

水着姿、といえば。

「……白河さん、さっき言えてなかったことだけど」

ずっとなんとなく頭の片隅に引っかかっていたので、今さらだけど伝えたいと思った。

「ん？」

白河さんは、なんのことだろう、という顔をこちらに向ける。そんな彼女に、俺は言った。

「みじゅ、水着……」

ヤバい。噛んでしまった。しかし、言い出してしまった手前、ここでやめたら不審者になってしまう。

「え？　水着？」

白河さんが俺の言葉を待って、こちらを見つめている。その圧を感じて焦りながら、俺は続けた。

「その水着………に、似合ってる」

やっとのことで言うと、白河さんの頰がポッと赤く染まる。

「リュート……」

その大きな瞳が潤んで煌めいて、白河さんは焦ったように口を開いた。

「いっ、今それ言う〜!?　ずるくない!?」

「えっ何が!?」

「そんなの来るって思ってないじゃーん！」

照れ隠しのように騒いでから、白河さんは「えへへ」と微笑んだ。

「でもありがと。この水着可愛いでしょ？　先月ニコルと一緒に買いに行ったんだー！　三十着くらい試着したから、最後の方さすがのニコルも『なんでそんな決まんねーの？』ってキレ気味だったけど」

「それは確かに……」

山名さん、ほんと親友想いだな……。

「でね、ニコルに海行くって言ったら、昨日バイト終わりに、うちにネイルしに来てくれたんだー！　見て見て～！」

そう言って、白河さんは俺の前に両手を広げる。

「水着とオソロの柄にしてくれたのー！　神じゃない？　めっちゃ可愛いでしょ⁉」

「うん、すごいね」

てっきり、お店でプロの人にやってもらったものだと思った。俺みたいなオシャレに無関心の人間から見たら、スカルプにしてもらったんだ」

「夏休みだからスカルプにしてもらったんだ」

「スカルプ？」

「長さ出しっていうのかな？　短い爪を人工的に伸ばすのー！　自爪より丈夫で、デザインも広がるんだよ」

「派手なネイルになるから、夏休みにぴったり！」

「へぇ」

「あ、でもまだ来週は学校あるよ？」

来週は、終業式で一日だけ登校することになっている。そこで未返却の期末テストの答案と成績表を受け取って、晴れて夏休みだ。

「まーちょっとフライングってことで」

と白河さんはウィンクする。

「とにかく、このネイルすっごいお気に入りなの！　そーだ、海と一緒に写真撮って、インスタに上げよ～！」

そう言うと、白河さんはスマホを取って、海の方に片手を広げたり、指先を折り曲げたりしながら、パシャパシャやり始めた。

俺は、そんな彼女を黙って見守る。

映るのは手元だけなのに、条件反射なのだろうか、シャッターを切る瞬間、自然と可愛い表情になるのが愛らしかった。

そこでふと、横目でこちらを見た白河さんと、目が合った。

「……あっ、ごめん！」

彼女は慌ててスマホを置く。

「もう終わったから。退屈だったよね」

「ううん、そんなことないよ」

俺は首を振って、白河さんのネイルを指す。

「それ、薬指に『L』って書いてない？　イニシャル？」

俺が尋ねると、白河さんは、パッと顔を明るくする。

「そう！　ニコルが勝手に入れてくれたの〜！　ほんとは『RUNA』で『R』なんだけど、月の女神のLUNAと一緒の『L』にしてくれたんだって！」

「うん、そうなのかなって思ったよ」

月の女神とは知らなかったけど、「LUNA」が何か月に関係した名詞なのは記憶にあった。

「よく気づいたね〜！　すご〜い！　嬉し〜！」

感嘆の声をあげた白河さんは、そこでふと眉を曇らせる。

「……リュートは、『そんな爪してて邪魔じゃない？』とか言わないんだね」

「え……？」

なんのことかと思っていると、白河さんは表情を暗くして続ける。

「『家事できなくない？』とか『手ちゃんと洗えてる？』とか『男はそういうの好きじゃないのに、なんのためにやるの？』とか『当たったら痛そうでイヤなんだけど』とか思わない？」

「えっ？」

なぜそんなことを立て板に水のように……と考えて、はっと気づいた。

それは今まで、白河さんが元カレたちから向けられてきた言葉なのかもしれない。

きっとたぶん、そうなんだ。

「思わないよ。というか……もし仮に思ったとしても、口に出したりしないし」

だとしたら、俺の気持ちを正直に答えよう。

「だって、白河さんはネイルが好きなんでしょ？　ちょっとくらい不便だったとしても、それと引き換えにできるくらい素敵な気分になるから、やってるんじゃないの？」

「う、うん……そう。そうなの」

白河さんは戸惑いながら頷《うなず》いた。

「だったら……いいと思うんだ」

少なくとも、俺がそれに難癖をつける権利はないと思う。

俺だって、他人から「ＫＥＮの動画なんか見ててもモテないよ？　キモいからやめたら？」なんて言われたら、たとえそれが大好きな彼女だったとしても、イヤな気分になる。

人からされてイヤなことは、自分もしない。俺にはネイルのことはわからないけど、白河さんにとって、たぶん、それは素晴らしいものなんだから。

「それに……好きなものの話してるときの白河さん、すごく生き生きしてて……」

頭の中で考えているときはスラスラ言えているはずの台詞なのに、口に出そうとすると恥ずかしくて言い淀んでしまう。

「……かっ、可愛いから」

なんとか小さくつぶやいて、白河さんを見る。

白河さんは頬を染めて、恥ずかしそうに口をすぼめた。

「もー……リュートって優しすぎ」

怒ったように言って、素足の膝を抱える。そして、抱えた膝に顔を乗せ、隣にいる俺を、上気した頬のまま上目遣いに見つめた。

「そんなこと言って甘やかすと、あたし、どんどんワガママな子になっちゃうよ？　いいの？」

か、可愛い……。

可愛すぎて震える。

「……いっ、いいですいいです……あっ、いや、いいよ」

悶絶しそうな気持ちを堪えていたら返答がバグった。それを挽回しようと、俺は続ける。

「っていうか……白河さんは、少しくらいワガママになっても許されるよ」

だって、白河さんは本当にいい子だから。いい子すぎて、自分より相手の気持ちを優先してしまうくらいだから。

「少なくとも、俺の前では……ちょっとくらい、ワガママ言ってくれていいんだよ。頼りないかもしれないけど……か、彼氏だから」

うわーキザ！　俺ってこんなこと言えるやつだったたっけ⁉

言ったそばから心の声にツッコまれて、猛烈に顔が熱くなる。

でも、正直な気持ちを伝えようとしたら、こうなってしまった。

「……そっかぁ」

白河さんは、急に鼻がツーンとしたときのような顔になって、膝に乗せていた顔を俺と反対側へ向けた。

「彼氏って、そういう存在なんだね……初めて知ったよ」

そう言った声は、ほんのり鼻声になっている気がする。

「……白河さん？」

泣いてる？　と思ったら心配になったので、声をかけてみる。

「白河さ……」

「ねぇ、リュート」

すると、潤んだ声が返ってきた。

「ん？」

「じゃあ……さっそくワガママ言ってもいい？」

「何？」

なんだろう、と思っていると、白河さんがこちらを向いた。赤くなった目を両手でぐしゃぐしゃっとこすり、ふざけて甘えたような声を上げる。

「ラムネ、もう一本買ってきて〜！　暑すぎて全然水分足りなーい！」

「ワガママっていうか、それパシリじゃん」

笑いながらツッコむと、白河さんは慌てた顔になる。

「あ、待って。お金は渡すから」

「いいよ、二百円くらい」

立ち上がりながら言って、海の家の方へ向かう。

……白河さん、やっぱり泣いてたな。

彼女が過去の恋愛で抱えた傷に想いを馳せ、改めて、彼女を大事にしようと心に誓った。

◇

それから、俺たちはまたしばらく海で遊び、海の家でシャワーを浴びて着替え、日が傾く前にビーチを後にした。

「……なんか、天気悪くなってきたねー」

気がつけば、いつの間にか頭上はすっかり曇天になっていた。吹く風も生ぬるく、嵐の前のようなじっとりした湿気をまとっている。

「でも、せっかくここまで来たんだし、上まで登ってみよ！」

「そうだね」

俺たちは、江ノ島の本島に行って灯台の方まで山を登って、海の幸を食べて帰る予定だった。

空模様は気になるが、雨が降っているわけではないので予定を決行して、階段を何百段も上って上まで行き、灯台の麓で写真を何枚か撮ってから、「生しらす」のメニューがあるお店に入った。

「ごめんなさい。今日は生しらすないんですよー」

通された席で生しらすを頼もうとしたら、店の人にそう言われた。

「売り切れちゃったんですか？」

「いや、今朝は台風で時化（しけ）だったんです。生でお出しできるのは、当日獲（と）れた分だけなんでねー」

「そっか。じゃあ、あたし、いくらと釜揚げしらすの二色丼でー」

「僕は、まぐろと釜揚げしらすの二色丼で」

注文を終えて、ふと窓の外を見たときだった。

「……あ、降ってきた」

俺のつぶやきに、白河さんも窓を見る。

「マジかぁ……あたし傘持ってないよ」

「俺も……」

「お昼過ぎまで天気良かったのにねー。やっぱ台風来てたんだね」

になっていた。

「でも、海にいる間は晴れててよかったね」

「ほんそれ～！　ラッキーだったね」

だが、丼が到着して食べ終わる頃には、そんな呑気なことを言ってられないほどの大雨になっていた。

「……ヤバくない？　これ」

店の軒先で、白河さんが息を呑んでつぶやいた。

地面に叩きつける雨の勢いが凄すぎて、地上五十センチくらいが煙って見える。

「でも、ここにいてもしょうがないしね……。どうにかして駅まで行かないと」

俺たちは雨が少し弱まるタイミングを見計らって、ところどころ軒先などで雨宿りしながら、時間をかけてなんとか駅へたどり着いた。

ところが。

「運行停止……!?」

豪雨により沿線で冠水しているところがあって、乗ろうとしていた電車は運休とアナウンスされていた。江ノ島だけでなく、首都圏全体の地上線が通常運行できていないらしい。

「どうしよ……」

真昼の海にはあんなに人がいたのに、いつの間にか、駅前にもすっかり人気がなくなっている。濡れながら駅までやってきた人たちも、運休を知るとロータリーからタクシーに乗ってどこかへ消えていってしまう。

「……俺たちもタクシーで帰る？」

「えっ、ムリムリ！　料金エグくない？　うちほぼ埼玉なのに」

「だよね……」

スマホで調べたら、概算で三万近くかかると出て青ざめた。

一縷の望みを託してしばらく待ってみても、雨は強まることはあっても収まる気配はない。

「もう六時か……」

四時には帰り足になっている予定だったのに、不測の事態でこんなことになってしまった。

電車は今日中に動くのだろうか？

運行状況は調べるごとに変わっているし、たとえタクシーで、どこかまだ電車が動いている駅まで行けたところで、そこから家まで乗り継いで帰れるかどうか……。

白河さんにも聞いてみたところ、二人の手持ちは合わせて九千円ほど。このお金を大事に使わなくてはならない。

考えた末、それぞれの親に連絡を取って（友達と一緒だということにして）話し合った結果、俺たちは潔く宿を探すことにした。幸い明日は日曜で、お互い特に予定もない。

そうして駅を後にしたものの、雨が強くて移動も大変で、スマホで検索しながらやっと手頃そうな旅館にたどり着いたときには、俺たちは全身ずぶ濡れだった。受付の女の人が、俺たちを見るなり慌ててタオルを持ってきてくれたくらいだ。

「お二人で一泊六千円です。朝食も付きます」

それを聞いて、俺たちは顔を見合わせた。泊まれる。

「じゃあ、それで……」

「一部屋でよろしいですよね？　お一人一部屋ですと、お一人で五千円なんですけど」

俺たちは再び顔を見合わせる。

「えっと……」

一人五千円だと二人で一万円。予算オーバーだ。今からもっと安い宿を探すにも、豪雨の中歩き回ることになって、見つかる保証もない。

「……あたしは、いいよ」

俺から目を逸らして、白河さんがぽつりと言った。

そして、俺たちは江ノ島にある旅館の一室で、嵐の夜を過ごすことになった。

◇

どういう展開⁉　どうなってんだこれ⁉

これから、白河さんと同じ部屋で一夜を過ごす……。ってことは、もしかして……もしかして……もしかするのか⁉

考えただけで、どことは言わないが身体の一部が熱くなってくる。

「あ、思ったより部屋ちゃんとしてるねー」

通された部屋は、十畳ほどの和室だった。窓際に縁側のようなスペースがあったりはしないので、田舎のおばあちゃんの部屋的な、どこかなつかしい印象だ。

「……白河さん、よかったらお風呂入ってきたら？　寒くない？」

「え、でもリュートは？」

「とりあえず着替えてるから、大丈夫だよ」

旅館には大浴場があるということだったので、交代で入ることにして、白河さんを部屋の外へ見送った。

そうしてびしょ濡れの服を備え付けの浴衣(ゆかた)に着替えてから……俺は部屋の畳の上に崩れ落ちた。

大丈夫じゃねぇ～～～～！

なんだ？　なんなんだ、あの白河さんの言葉は。

――あたしは、いいよ。

「いいよ」って、どういう「いいよ」だ？

単に二人で同じ部屋に泊まることなのか、それとも……「その先」のことまで指していたのか⁉

告白直後に白河さんの部屋を訪れて、貴重な初体験のチャンスを逃してから一ヶ月。その間に、もしかして……もしかすると、白河さんは……俺とエッチしたいと思うようになってくれたのか？

そして、それをいつ言おうか考えあぐねていて、先ほどの言葉が出てきたのか？

わからない。俺は白河さんじゃないからわからない。でも……いや、でもやっぱり……。

もしかして今夜、白河さんと一つになれるのか……？

この世に生を受けて十六年……俺の童貞人生もようやく終わりを告げるときが来たんだ。

童貞じゃなくなるって、どういう感じなんだろう？　心に余裕が生まれて、人間的にも成長できたりするのだろうか……？

そんなことを考えると居ても立っても居られなくて、白河さんのお風呂を待つ間、謎に腹筋してしまった。昼間のビーチで見かけた細マッチョたちへの嫉妬心からかもしれない。

「お待たせー、リュート」

浴衣姿の白河さんが帰ってきたとき、俺は汗だくだった。

「どしたの？　冷房効いてない？」

「いや、ちょっと腹筋してて……」

「えー、意外！　そんなのやるんだー？　お腹触らせてー！」

白河さんが無邪気な声を上げ、こちらに近づいてくる。

「え、いや……！」

陰キャが気まぐれにエクササイズしただけなので人様に触らせるほどパンプアップできていないし、何より今こんなところで白河さんに触られたら……ととっさに身をよじる。

俺の反応をどう思ったのか、白河さんの手が止まった。

「あ……ごめん」

はしゃいだ様子から一転、ばつの悪い顔になって、出した手を引っ込める。

そして、意識して浮かべたような微笑で、俺を見た。

「リュートも入ってきなよ。岩風呂(いわぶろ)？　気持ちよかったよ」

「う、うん……そうだね」

漂い出した気まずい空気から逃れるように、俺は大浴場へ向かった。


なんだ？　今度はなんだ？

あの「ごめん」は一体……。

俺が触られるのを嫌がっているように見えたからか？　それとも「今日エッチする気はないのに、思わせぶりなことをしてごめん」なのか……。

でもしかし、そうなるとさっきの「いいよ」は……？

そんなことをグルグル考えながら風呂に入っていたら、頭を洗ったのか濡らしただけなのかわからなくなって、二、三回シャンプーしてしまった気がする。最後に流したときの頭皮のキシキシ具合で気がついた。

ちなみに、白河さんが言っていた「岩風呂」は、一般家庭のものより少しだけ大きい普通の浴槽が、岩のような装飾の壁で囲まれていただけだった。高校生が急遽(きゅうきょ)泊まれるくらいの良心的なお値段の宿なのだから、文句は言えない。

部屋に帰ると、白河さんはテレビを見ながらお茶を飲んでいた。

「台風、今夜中に通過するってー。よかったね、明日は帰れるよ」

「そ、そっか……よかった」

台風のことなんて、すっかり頭から飛んでいた。

外の雨風が強い様子は室内にいてもわかるし、時々窓が激しく音を鳴らして揺れるのには、瞬間的に恐怖を感じるほどなのに。

「……！」

そこで部屋の中に入って、俺の目は二つ並んだ布団に吸い寄せられた。

「あ、さっき宿の人が来てくれたの。ご飯食べてきたって言ったら、布団敷いとくって」

「そ、そっか……」

一部屋で寝るって言ってるんだから、そりゃ並べて布団も敷くか……。

「リュート、お茶飲む？」

白河さんに言われて、俺は「ああうん」と曖昧に頷きながら、正方形のテーブルの、白河さんの隣の辺に腰を下ろす。

白河さんはテーブルの上の急須を開け、中にあった出涸らしの茶葉を、同じくテーブルの上にあった穴の開いた筒の蓋を開けて中に捨て、新しい茶葉を急須に入れて、ポットのお湯を注ぐ。俺一人だったら使用法がわからなかっただろう道具を使いこなしている。

お茶の淹れ方がこなれたギャル……なかなかギャップがあって、いい。

「はい、リュート」

「ありがとう……」

緑茶の入った湯呑みを受け取った俺は、意外な気がして白河さんをまじまじ見つめた。

「……なに、リュート？」

白河さんはこちらを見て、すぐに恥ずかしそうに顔を背ける。

「てか、あんま見ないで。すっぴんだし」

「え……」

そういえばそうか。お風呂入ったんだもんな。あまり変化がなかったので気がつかなかった。

言われて見てみれば、眉毛の終わりの方がうっすら薄くなっていたり、いつもより顔つきが幼く見えたりと、違う点も探せるというくらいだ。

こうしてよく見てみると、普段はそんなこと思わないのだが……すっぴんの白河さんは、ほんの少し黒瀬さんと雰囲気が似ている気がした。いつもの二人を双子と気づく人はごく稀だろうが、今の白河さんと黒瀬さんなら、ちょっとわかる気がする。

黒瀬さんといえば、LINEのIDを交換してから、ちょくちょくメッセージが送られてきていた。最初に言っていた通り「勉強教えて」という話になり、まあそのうちと思っていたら具体的な日にちを指定されたので「その日は予定が」とか「夏休み中は夏期講習があって」（嘘ではない）とか返していたら「じゃあ、いつなら空いてるの？」と詰め寄られて、少し返信が滞っていた。

黒瀬さんと、二人で会ってもいいのだろうか？　白河さんの実の妹だから邪険にすることはしたくないのだけれども、俺にとっては異性だし、白河さんとの仲が完全に良好になったわけでもなさそうだから白河さんを誘って三人で会うのも微妙だし、それに過去のことはいえ、俺は黒瀬さんに気があったし、でもそのことは白河さんは知らないから、話すと長くなりそうだし、正直に話すことでむしろ誤解を生むかもしれないし……といろいろ考えると面倒になって、黒瀬さんへの対応が曖昧になってしまう。

「そ、そんなにすっぴんヤバい？　あんま見ないでよぉ～！」

「え？」

ぼんやり白河さんを見たまま黒瀬さんのことを考えていたら、白河さんに恥じらわれてしまった。

「あ、いや……ううん。あんまり変わらないよ。でも……」

「でも？」

「ちょっと幼く見えて……か、可愛い」

黒瀬さんに似てる云々の話は、今はやめておこう、と思った。

「えーマジ？」

白河さんは頬を染めて、疑り深く俺を見る。

「なんか恥ず～！　やっぱ見ないで」

「え、いや、いいと思うんだけど」

「やだやだ！　ほら、台風のニュース見よっ！」

そうして、俺は白河さんと、お茶を飲みながらしばらくテレビを見た。

そのうち同じことばかり繰り返す台風情報に飽きてきた午後十時頃、俺たちは歯を磨いたりして、なんとなく寝る準備を始めた。

結局、白河さんがどういうつもりで今夜を過ごそうとしているかはわかっていない。

「……じゃあ、電気消すよ」

「うん」

寝る支度ができてしまったので、紐を引っ張って、部屋の電気を常夜灯にした。

白河さんの隣の布団に入って、薄暗い天井の木目を見つめる。

寝られない……。

こんなドキドキムラムラした状態で、眠りになんかつけるわけがない。

「……ねえ、リュート」

そのとき、隣の布団から声がした。

「う、うん？」

「大丈夫？　このまま寝られる？」

何を言っているんだろうと横を見ると、白河さんは布団から半分顔を出し、不安げな表情でこちらを見ていた。

かと思うと、急にガバッと起き上がって、俺の方に膝を進めてくる。

「な、何⁉」

「てか、さっきごめんね。なんかもー雨すごくて、頭からめっちゃ濡れてて顔ドロドロだし、歩くのも疲れちゃって……。お金ないし、また別のとこ探して歩くのかと思ったらめっちゃ萎えて、とりあえず早く落ち着きたいから、同じ部屋で泊まるのいいよって言ったんだけど……」

「ああ……」

さっきのあれは、そういうことだったのか。エッチ的なことについての、深い意味はなかったってことか……。

舞い上がってしまった自分が恥ずかしい。ムラムラな気持ちがしゅんとする。

話が長くなりそうなので、俺も布団から起き上がった。

「でも、お風呂入って落ち着いて考えたら、リュートは男子だし、あたしの彼氏だし、こんなの平気なわけないじゃん？　って思って」

「……………」

白河さんは何が言いたいのだろうか……と思っていると、彼女がさらに俺の方に寄ってきた。

薄明かりの中で、大きな目が上目遣いにこちらを見つめている。

「エッチ……する？」

「……!?」

白河さんが身につけている旅館の浴衣は、胸元が少し開いて谷間がのぞき気味になっている。紺の帯を巻かれた細いウエストから、丸みを帯びた腰へのラインがまるでマーメイドのように美しくセクシーで、一度落ち着いた胸の炎がむらっと大きく燃え上がった。

身体が急速に熱く強張っていくのがわかる。

「い……いいの、白河さんは？」

渇く喉から、かすれた声をなんとか押し出した。

「まだ自分からエッチしたい気持ちには、なってなかったってことでしょ……？」

もう八割方ヤリたい方向になっているのだが、最初にかっこつけた手前、そこだけは確認しておかなければならない。

「うん……」

白河さんはおずおずと頷く。

「でも、リュートに我慢させるの悪いし」

「でも、やるならやるで、白河さんの方に我慢してもらうことになるだけじゃない？」

「まあ、あたしの方は我慢っていうか……リュートのことは好きだから、別にするのがイヤってわけじゃないし」

よっしゃ――――！　と心の中のもう一人の自分が快哉を叫ぶ。

フィジカルの方も準備万端だ。

それじゃあ……と、生唾を呑み込んだときのことだった。

「ただね」

そう言った白河さんは、伏目がちで、口元に微笑を浮かべて続けた。

「あたし、リュートと付き合うまで、自分から彼氏に触れたいと思うことって、あんまなかったんだ。だけど、この前ボートに乗ったとき……生まれて初めて、自分から『キスしたい』って思ったの。その前から手は繋ぎたかったし……。一ヶ月前より、あたし、絶対にリュートのことが好きになってる」

「白河さん……」

俺のこと、そんなふうに思っててくれてたなんて……。

嬉しすぎて胸が熱くなる。

「そう考えたら、少し楽しみになってたの。この先どんどんリュートのこと好きになって、もっともっとリュートに触れたいと思って……あたしが本当に最後までしたいって思えたときにエッチしたら、生まれて初めて、カラダも心も本当に気持ちよくなれるのかなって」

幸せそうな微笑を浮かべて、白河さんがつぶやいた。

「そうか……」

嬉しい、と思う反面、俺の中の猛々しい気持ちがどんどん萎れていく。

ダメだこれは……こんなこと言われてしまったら……もう……。

もう、今夜はヤレない……。

くそおおおおぉ――――――っ！

心で血の涙を流して咆哮しながら、撤退の腹づもりをするしかなかった。

「……わかった。じゃあ、今日はもう寝ようか」

涙を飲んで、必死に平静を装ってかっこつける。

「早起きして遠出したし、ハプニングもあって疲れただろうし」

「えっ……」

俺の言葉に、白河さんは驚いたように顔を上げる。

「いいの？　エッチは？」

「いいよ、また今度……白河さんが、そういう気持ちになってくれたときで」

「リュート……」

白河さんは眉を八の字にして、潤んだ目で俺を見た。

「リュートって、なんでそんなに優しいの？」

「え……？」

これは優しさなのだろうか？

俺と同じ立場なら、みんなこうするしかないと思うけど……。

でも、もしこれが優しさに見えるのなら。そういう行動を取れるのは、俺が白河さんのことを考えているから。

それは俺が……。

「……白河さんのことが、好きだから」

そう答えたとき、目の前の白河さんの瞳がキラキラっと光った。

かと思うと、彼女は両手で顔を覆って、肩を上下させる。

「白河さん？」

泣いてる……？

「……っく……っっうぅ……っ」

引き結んだ唇から、堪えきれない嗚咽が漏れてくる。

「ごめ……嬉しくて……っ」

弁解するように言いながら、白河さんはしゃくり上げる。

「えっ……、だ、だいじょぶ？」

俺はおろおろするしかない。

「……ん、ごめ……」

少しして、落ち着いてから。

白河さんは涙を拭って、恥ずかしそうに微笑(ほほえ)んだ。

「……ごめん。あたし、リュートといると涙もろくなっちゃうみたい。ごめんね」

「それは全然……いいよ」

そんなに謝らなくてもいいのに、白河さんはさらに「ごめん」と重ねる。

「だってウザくない？　普通に話してるだけなのに、めんどくない？　メンヘラかよって思わない？」

「思わないって」

なんでそんなことを言うんだろう？　やっぱり元カレが原因なのだろうか。

それが実際に元カレに言われたことなのか、それとも彼らの雰囲気から感じ取った心の声なのかはわからない。

でも、早くこの呪縛から彼女を解き放ってあげたいなと思った。

ようやく、はっきりと気づけた。

元カレに囚(とら)われてるのは、俺だけじゃないんだ。

「そんなこと思わない。……嬉しいよ」

「なんで？　ぐう聖なの？　リュート」

「ぐう聖……」

ぐうの音も出ないほどの聖人。

最近の女子高生って、ネットスラングを口語で使うよな。まあ俺も最近の男子高生なんだけど、オタク寄りの人間だから、普通に言われるとびっくりする。

「違うよ」

おかしくなって少し笑ってから、答えた。

「俺といて、いっぱい心が動いてくれるってことだろ？　前に白河さんが言ってたじゃん？『本物の好き』って……それに近づいてる気がするからだよ」

そこで白河さんの瞳が再び揺れる。

「リュート……」

そして、ほんのり頬を紅潮させ、白河さんは口を開いた。

「ねぇ、リュート。また一つワガママ言っていい？」

「うん？　いいよ」

俺が頷くと、白河さんは恥ずかしそうに言った。

「あたしのこと、抱きしめてくれる？」

「……えっ？」

「ダメ？」

「いや……」

ダメじゃないけど、もう今夜は何もしないと決めた状況で……二人きりの密室で、密着するなんて。

「はい！」

白河さんは両手を広げて、笑顔を向けてくる。

「うん……」

緊張しながら、その身体にそっと両腕を添わせた。

初めて抱きしめた白河さんの身体は、想像よりやわらかくて、あたたかかった。いつもの香水はつけていないのか、俺の髪と同じ、旅館のシャンプーの匂いがする。やわらかで弾力のある胸の感触が、薄い浴衣越しにダイレクトに感じられてドキドキした。

「リュート、あったかい……安心する」

耳元で白河さんの声が優しく響いて、ぞくっとするほど胸が高鳴った。危ない……これ以上くっついていたら、身体の奥の熱が蘇りそうだ。

「ね、このまま一緒に寝てくれない？」

その言葉に、俺はギョッとした。

「このまま……って、えっ⁉　このまま⁉」

密着したまま横倒しになって、朝までそのままってことですか⁉

「……あはは！　ジョーダンだよ～！」

うろたえていると、白河さんが笑って身体を離した。

「あ、ねーねーじゃあ、手繋いで寝るのは？」

「え、うん……」

それなら、なんとか、どうにかできるかもしれない。

そうして、俺と白河さんは並んで布団に横たわり、手を繋いだ。

あたたかく、やわらかい、華奢な手……白河さんの手だ。

「ねーリュート」

「ん？」

「………」

何も返ってこないので白河さんを見ると、彼女は俺を見つめていた。その表情はどこか不安げだ。

「どうかした？」

「……ううん」

俺の問いには首を横に振り、白河さんは無理矢理のように微笑する。

「二ヶ月の記念日も、こうして一緒にいられるよね？」

「こうして……って、また台風に巻き込まれるのはいやだけどね」

「あはは、そだね」

そんなに面白い返しではなかったのに、白河さんは声を立てて笑った。

このとき、俺は彼女の言葉尻を捉えてまぜっかえしてしまったけれども。本当はちゃんと答えてあげた方がよかったのかもしれない。

あとで自分が、この瞬間のことをそんなふうに悔やむことになるなんて、このときは思いもしなかった。

第二・五章　黒瀬海愛の裏日記

なんで、よりによって加島龍斗なんだろう……。

ほんとは、なんとなくわかってる。加島くんが、わたしになんか興味ないってこと。LINEの返信を見てればバカでも気づくわ。

でも、なんで月愛なの？　あんなビッチのどこがいいわけ？

確かにわたしより胸があるのは認めるけど、それだけの、カラダしか取り柄のない……。

そっか、カラダね。

男の子って、欲望に正直よね。わたしに近づいてくる男たちもみんな、顔に「ヤリたい」って書いてあるもの。

加島くんがわたしに興味を示さないのは、きっと月愛が彼の欲望を満たしてるからだわ。

あのビッチが、カラダを使って籠絡してるせい。

それなら、わたしも月愛みたいになれば……チャンスはあるの？

でも待って、海愛。

加島くんは、本当に、そんなことをしてまで振り向かせたい男なの？

ねぇ、海愛。意地になってるだけなんじゃない？

月愛にまた負けたから。お父さんを取られたときと同じだから……。

……わからない。そうかもしれない。そうじゃないかもしれない。

でも、自分でもどうしようもないの。

毎朝、挨拶を交わすだけで。隣で授業を受けているだけで。加島くんへの想いが日々強くなっていく。

あの真剣なまなざしで、もう一度わたしを叱って欲しい。あのときみたいに。

お前は悪い子だね、海愛。って。指一本触れさせずに男をたぶらかして、道具みたいに利用して、本当にいけない子だね。って……。

想像しただけで、身体が熱くなる。わたし、加島くんに抱かれたい……。

こんな気持ち、生まれて初めて。

ねえ、加島くん。わたし、姉の彼氏を欲しがる悪い妹だよ。すごく悪いことを企んでる、とっても悪い子なの……。

一緒に悪いことしよ？　地獄に堕ちよう？

加島くんは誠実な人だから、わたしが罠に嵌めてあげる。

加島くんは誠実だから、たとえ罠でも、一度そういう関係になったら……きっとわたしを大事にしてくれる。

そしたらわかるよ。月愛よりわたしの方がいい女だって。

今夜は嵐だね。

今何してるの？　加島くん……。

第三章

朝が来て、台風は去った。

隣で眠る白河さんと、繋いだ手のことが気になって、昨晩はあまり眠ることができなかった。

旅館の人が部屋に用意してくれた、いかにもな和朝食を二人で食べて、一晩乾かした服に身を包み、一日遅れで帰宅の途につく。

日曜午前中の上り電車は空いていて、お互いうとうと居眠りしたり、とりとめもない話をしたりして、A駅に着いた。

「じゃあ、また明後日」

明日はテスト休みの休日で、火曜日が一学期最終日の終業式だ。

白河さんの家の前で、俺たちは別れの言葉を交わした。

「うん。またね、リュート」

そう言って手を振った白河さんが、ふと真面目な顔になる。

「……二ヶ月目も、よろしくね？」

「うん。よろしくね」

俺が答えると、彼女の顔に微笑が戻った。そのことに安心して、俺は彼女に手を振った。


白河さんが家に入るのを見届けてから、俺は一人、A駅に戻った。

日曜の真昼の駅前広場には、待ち合わせ中らしき人たちがスマホを見て立っている。その辺りを歩いていると、チラシやティッシュ配りにあうことも多い。

今日も、それらしき人が何人か進行方向に立っていた。

「居酒屋『ばっかす』、ランチのクーポンお配りしてまーす！」

居酒屋……と思いながらも、目の前に差し出された紙を、反射的に受け取ろうとしたときだった。

「あっ！」

クーポン配りの女の人が声を上げて、俺は彼女の顔を見る。そこで驚きに目を丸くした。

「山名さん⁉」

それは白河さんの親友、山名笑琉さんだった。街中で人の顔を見ないようにして歩いているから、自分からは気がつかなかった。

山名さんは、紺色の作務衣のような服に、胸当てなしのエプロンをしている。

「……バイト中？」

「見りゃわかんでしょ」

そっけなく言って、山名さんは改めてクーポンを渡してくる。

「ルナの送り？　ちょうどよかった、あんた、うちの店来なよ」

「えっ？」

「ルナのことで話したいことあったんだよね。二人で会ってるとルナが心配するだろうから、仕事中に済ませられたら好都合」

「で、でも、居酒屋なのでは……？」

渡されたクーポンの雰囲気も、昼から飲み放題を推奨していたりと、わりとディープめな居酒屋の感じだ。

「ビビってんの？　別に酒頼まなきゃいーだけじゃん。うち、けっこう子連れの客も多いよ？」

そうなのか……。陽キャは未成年のうちから居酒屋で飲食できるのか。ファミレスに丼物屋くらいでしか外食したことがない俺にはハードルが高い。

「しかも一人で？」

一人で居酒屋に行って何をすればいいんだ。山名さんだって、仕事中だからずっといてくれるわけじゃないだろうし。

「んなら、友達連れてくればいいじゃん」

山名さんがめんどくさそうに言う。

「それともいないの？」

「い、いるよ」

「じゃあ連れて来な。今日あたし、夜までずっとシフト入ってるから」

早口で言って、山名さんは再びクーポンを配り始める。

「ランチクーポンお配りしてまーす！」

「………」

なんか、今日行く流れになってしまったな。

とりあえず一人は避けたいし、友達がいないとも思われたくないので、家に帰る道すがらイッチーに電話してみる。

「……もしもし、イッチー？」

「なんだよ？」

「今日ヒマ？」

「ヒマじゃねーよ、ニッシーとゲームしてんだよ。……あーそうそう、カッシーから」

確かに、通話口からゲームのBGMと人の声がする。

「えっ、なんで俺も呼んでくれないんだよ」

「だってお前、昨日白河さんと海行ったんだろ？　クソが！　爆発すればいいのに！　疲れてるんじゃないかと思って」

一瞬、心の声が聞こえたと思ったのは気のせいだろうか。

「……あのさ、もうご飯食べた？」

「あ？　昼メシならもう食ったよ。テイクアウトのチーズ牛丼特盛」

「じゃあ、夕飯一緒に食わない？　ニッシーも誘って欲しいんだけど」

「は？　なんでまた」

「山名さんから、バイト先の居酒屋に食事に来いって誘われて」

「やまなって……うちのクラスの山名笑琉か？　お前、あんな鬼ギャルと交流あんの⁉」

「白河さん繋がりで……山名さん、白河さんの親友だから」

手短に説明すると、電話越しに深いため息が聞こえてきた。

「カッシー……変わっちまったな」

「……行かないのか？」

やっぱそうだよな、と思っていると。

「行くに決まってんだろ！」

ソッコーで二つ返事が聞こえてきた。

耳を澄ませると、遠くからニッシーの「行くー！　行くー！」という声も聞こえてくる。

「え、行くの⁉」

話の流れからして、てっきり断られると思ったので驚いてしまった。

「これ以上カッシーに置いていかれてたまるか！　陰キャのプライドなんかクソ食らえだ！　高二の夏は、青春のラストチャンス！　この夏は俺もリア充になる！　クラスメイトがバイトしてる居酒屋で食事とか、めちゃくちゃ陽キャっぽいじゃねーか！　なぁニッシー⁉」

そうだー！　そうだー！　という声が聞こえてくる。

「は、はぁ……」

まあ、来てくれるならよかった。

こうして、俺は今夜、イッチーとニッシーと、山名さんの働く居酒屋で夕飯を食べることになったのだった。

◇

居酒屋「ばっかす」は、A駅の駅前に広がる繁華街の中にあった。一階から五階まですべて飲食店が入ったビルの三階だ。

「いらっしゃいませーえ！」

店の暖簾をくぐると、威勢の良い店員の声が迎えてくれる。

時刻はまだ夕方の六時前だが、日曜だからか、店内にはすでに大勢の客で活気があった。

「あの、バイトの山名さんの友達なんですけど……」

案内に出てきた男性店員に告げると「あー！」と言って、頷いた。

「三名様ですね。こちらへどうぞ」

通されたのは、靴を脱いで上がる掘りごたつタイプのテーブル席だった。片側が壁に接していて椅子の前後に仕切りがあり、通路側にも障子的なドアがついているという、ほぼ個室のような席だ。山名さんには一応ＬＩＮＥで来店予定を報告しておいたので、席を押さえておいてくれたのかもしれない。

「少々お待ち下さいー」

店員が去って、俺たちはやや緊張しながら席についた。ベンチ型の椅子の四人席に、イッチーとニッシーの二人と、俺が向かい合わせに座った。

「そういや、今日のKENの動画見たか？」

「あー、いやまだ。昨日の動画も見られてないから先に見てた」

「ケッ、これだからリア充はよぉ」

「白河さん、ビキニだったか？」

「え？　うん……」

「カ――ッ！」

「ふざけんな死ねっ！　楽しかったみたいでよかったな！」

「だから心の声出てるんだよ！」

「いいから写真見せろよ！」

「この流れで見せてもらえると思ったか!?」

そんな話をしていたときだった。

「らっしゃ――い」

こなれた女性店員の声がして、目の前にジョッキが二つドカッと置かれた。

見上げると、それは山名さんだった。

「え、まだ何も注文してな……」

ニッシーが困惑していると、山名さんは意味ありげにウィンクする。

「サービス♡　来てくれてありがとね」

その瞬間、ニッシーとイッチーの目がまさにハートマークになるのを目撃した。

「カ●ピスソーダ。バチコリ濃くしといたから♡　こんなのお家(うち)じゃ飲めないぞっ」

「あの、俺のは……？」

「あーあんたは自分で注文して。そこのタッチパネルから入れたら厨房(ちゅうぼう)にオーダー飛ぶから」

俺にはサービスないんかい！　てか、二人に対してのとキャラの差すごくない⁉

「理不尽だ……」

俺が一人タッチパネルを操作してコーラを注文している間に、イッチーとニッシーは、ジョッキのカル●スソーダに嬉々(きき)として口をつける。

「やっぱ鬼ギャルはサイコーだな！」

「時代は鬼ギャルだよな！」

「見た目怖そうなのに中身優しいとかギャップ萌(も)えすぎんだろ！」

「好きにならざるを得ないこと山の如(ごと)し！」

「山名だけに！　山名だけに！」

二人でテンション高く山名さんを絶賛しながら、ジョッキをグビグビと飲む。

「すっっげぇ〜味‼」

「こんな濃いの飲んだことないぜぇ！」

「え、どれ？　そんなに濃いの？　俺にも……」

一口もらおうかと手を伸ばしたら、イッチーとニッシーが同時に自分のジョッキをガードした。

「ダメだ！　これは鬼ギャルが俺たちだけにくれた濃いカ●ピスだ」

「鬼ギャルは非リアの味方なんだよ！　お前はダメぇ〜っ！」

贔屓されたのがそんなに嬉しかったのか、二人は一気飲みの勢いでゴクゴク飲み進める。

「まーいーけどさ。じゃあメシ注文してるよ」

ちょっと拗ねた気持ちになりながら、タッチパネルのメニューを見て美味しそうな料理を選んでいく。

「……とりあえず、こんなもんでいいかな？　ちょっと見てくれ……よ⁉」

選択した注文を確認してもらおうと、顔を上げたとき。

「ど、どうした⁉」

「……あぁ？」

「なんだよぉ、カッシ～ぃ」

明らかに、イッチーとニッシーの様子がおかしい。二人は顔を真っ赤にして、目はうつろ、呂律（ろれつ）も回っていなかった。

「……ハッ！」

俺は気づいて、目の前にあるニッシーのジョッキを取る。

それを一口飲んで、驚愕（きょうがく）した。

「グェ……なんだこれ⁉」

味は確かにカルピ●だ。かなり濃く作った、もったりした甘さを感じる……のだが、それと同時に、ほのかな炭酸では誤魔化（ごまか）しきれないような、むせ返るほどきついエタノール臭も感じる。

エタノール……そうか、これは……！

「二人とも、大丈夫か？　気分は悪くない？」

「あぁ？　むしろすげーいー気分だぜ……」

「だよな～。鬼ギャルさいこぉ～……」

イッチーとニッシーはそれを最後に机に突っ伏して、そのまま……寝た。

「スピー……」

「クカー……」

マジかよ。

っていうか、よくあんなもん飲めたな。よっぽど舞い上がっていたのだろう。二人のジョッキはほとんど空だ。

しかし、一体なぜ二人のジョッキの中身がこんなことに……と思ったとき。

「あーもう寝たんだ」

隣に、山名さんが立っていた。

「はい、コーラ」

俺の前にコーラのグラスが置かれる。

「んで、こっちがサービスのポテトね」

と山盛りのフライドポテトが載ったカゴを置くと、彼女は俺の隣に座って、障子みたいなドアを閉めた。

「あたしのタイミングで休憩入っていいって、先輩に言われたから」

そんな彼女に、俺はタジタジだ。壁にくっつくように座って、距離を取ってしまう。

「えっと、これはどういう……」

「だってジャマじゃん？　ルナの話は二人でしたかったから」

「え？　ま、まさかそのために……」

「まーいいじゃん、二人とも気持ちよく寝てるんだし？　誰にだって間違いはあるしね」

「ま、間違い……？」

つまり、ドリンクの作り間違いで、二人のジョッキに余計なものが混入してしまったと……？

いや、そんなわけ……ないこともないかもしれないけど、今の感じだと限りなく確信犯だ。

「で、でも、たとえ間違いでも、高校生にそんなもん飲ませたって店の偉い人にバレたら、山名さん、大変なことになるんじゃ……」

「そうかもね。でもあたし、店長のヒミツ知ってるから」

そう言うと、山名さんは片手の拳から小指だけをピンと立てるジェスチャーをした。昔、親戚のおじさんが「女性」を指すときに、やっていたのを見たことがある。

店長、不倫でもしてるのか……？　もしや、そのネタで脅すつもりなのか？

「す、すごいね、山名さん……」

「そ？　これでもだいぶ丸くなったんだけど。この辺で『北中（きたちゅう）のニコル』といえば、ヤンキーでもタマ縮み上がらせてたもんよ」

な、何をしたんだ山名さん!?

「でっ……で、話って?」

怖いので早く本題に入って欲しくて促すと、山名さんはふと真剣なまなざしになる。

「ルナと一ヶ月経ったけど、どう?」

「え……」

どうってどういうことだろうと思っていると、山名さんはテーブルに片肘を置いて頬杖をつく。

「ルナってさ、見た目のわりに重いでしょ」

そう言うと、山名さんは遠くを見つめるような目をした。

「……あたしがルナと初めて話したのは、入学式の日。式に向かう列に並んでぼーっとしてたら、向こうから声かけてくれたの。『ネイル可愛いね』って」

一年の頃から仲がいいのは知ってたけど、そんな最初からだったのか。

「次の日、ルナが新品のピアス見せてきて言ったわけ。『似合いそうだから、お揃いで買っちゃった』って。それをあたしに渡して『親友になってくれない?』って言ってきたの」

当時のことを思い出してか、山名さんはフッと微笑して、俺に目を向ける。

「何それって感じでしょ？　重すぎない？　普通引くよね」

白河さんらしいなと思った。付き合って一週間記念におそろいのスマホケースをくれたことを思い出す。

「でも、ルナってめっちゃ可愛いじゃん？　ノリもいいし。だからあたし、思っちゃったんだよね。嬉しいって。『あたしもこの子と親友になりたい』って」

少し恥ずかしそうに笑って、山名さんは頬杖を外した。

「重い重いって悪みたいに言われるけどさ、自分が誰かに心の荷物を預けて、相手も同じ重さの荷物を預けてくれて……天秤がちょうど釣り合ってたら『重い』なんてどっちも感じないわけよ。うまくいく関係って、そういうことでしょ？　それが『両重い』で『両想い』ってこと。わかる？」

「う、うん……」

山名さんがこんなことを語る人だったなんて、意外だった。

「オシャレなこと言うね……」

「『北中のニコル』は、ポエマーでもあんのよ」

ニッと笑って、山名さんは真面目な面持ちに戻る。

「でもさ、うちらがいくら両想いでも、あの子が好きなのは男で、あたしもそう。だから、あたしとルナは『親友』以上にはなれない。それが歯痒くて……だからこそ、早く見つけて欲しいと思ってたわけ。ルナが心から信頼できて落ち着ける……ずっと一緒にいられる、たった一人の男を。ルナが欲しい『彼氏』は、友達に自慢できるイケメンじゃなくて、そういう……心で繋がれる男なの」

俺もいつしか殊勝な気持ちになって、山名さんの言葉に心から耳を傾けていた。

「あの子がそういう相手を求めてるのは、もしかしたら、家庭環境のせいかもしれない」

ぽつりとつぶやいて、山名さんは眉を吊り上げる。

「なのに、あの子がこれまで付き合ってたのは、ノリと見た目がいいだけのアホばっかだったわけ。ルナって毎朝毎晩、必ずＬＩＮＥしてくるでしょ？」

「うん」

「別にイヤじゃないでしょ？」

「うん。俺のこと考えててくれたんだって、嬉しいよ」

俺の答えに、山名さんはうんうんと満足げに頷く。

「それが付き合ってるってことじゃん？」

そうなのか。交際経験一ヶ月の俺にはわからないが、山名さんが言うならそうなのだろう。

「でも、あの子の元カレたちはカスだから、当然連絡が取れない夜や朝があったわけ。あの子がそれを心配すると『重い』『ウザい』って被害者ヅラしてさ。ほんっっっと死んでほしいわ」

吐き捨てるように言った山名さんは、その勢いのままテーブルの上の山盛りポテトに手を伸ばして口へ運ぶ。俺へのサービスじゃなかったのか。

「でも、ルナは元カレのことも悪く言わないんだよね。元カレだけじゃなくて、誰のことも悪く言ってるのを聞いたことがない」

「うん……」

お腹が空いているので、俺もポテトを食べ始めた。

「ルナはさ、人が好きなんだよ。みんないい人で、根っから悪い人間なんていないと思ってる。だから元カレのことも、あいつらが言う上っ面の『好き』を信じて付き合っちゃって、裏切られて傷ついてきた」

山名さんは、そこでポテトを運ぶ手を一瞬止める。

「ルナには『二ヶ月の壁』ってジンクスがあって」

「二ヶ月の……壁？」

「今まで付き合ってきた彼氏の何人もが、二ヶ月経つ前に浮気発覚したの。そうじゃなかったとしても、二ヶ月を境にだんだん冷たくなってきて、三ヶ月で別れるんだけど」

なるほど……。だから「二ヶ月の壁」か。

「あんたのこと信じてても、今のルナは不安だと思うよ。二ヶ月を越えるまでは」

そう言って、山名さんは俺を見つめる。

「ルナが不安になるようなことは絶対しないって、あたしに約束してくれる？」

その鋭い視線に圧倒され……だからというわけではないが、俺は深く頷いた。

「約束する。白河さんが不安になるようなことはしない」

しっかり見つめ返して言う俺を、山名さんはしばらくじっと見据えてから。

「……そっか。安心した」

ニコッと破顔した。子どものように屈託ない笑顔の山名さんを見て、この人の笑った顔を、初めてちゃんと見たなと思った。

そうして、山名さんから俺への「話」は終わったのだけれども。

「これ、どーすんの？」

席を立った山名さんは、目の前で仲良く並んでテーブルに突っ伏しているイッチーとニッシーを指す。

「どーすんのって……」

俺が訊きたい。潰したのはそっちなんだから責任取ってくれ……とは怖くて言えないが。

「まー、この様子だと明日まで起きないかもね」

「それは困る！」

「まぁ、こうなったのはあたしが『ドリンクを作り間違えちゃった』せいでもあるから、あとはなんとかしとくよ。二、三時間も寝かしとけば、勝手に起きて帰るでしょ」

「ほんと……？　じゃあ、お願い」

泥酔している友達を前に一人で飲み食いしても面白くないので、二人のことは山名さんに頼んで、そのまま居酒屋を後にすることにした。結局、俺が口にしたのはコーラとポテトだけだった。

二人の体調は心配だったけれども、一人じゃなくて二人だし、ただ寝ているだけだし、山名さんだってクラスメイトなのだから、何かあったときには介抱してくれるだろう。

そんなことを考えながら、階段を降りていたときだった。

「……!?」

足元がぐらついて、とっさに手すりを摑んだ。

いつもより視界が狭く感じて、世界が急に遠のいたような気がする。

胸がフワフワして、よくわからないが楽しい気持ちだ。

……もしかして……さっきニッシーのジョッキを拝借した、あの一口で？

「やべー……」

っていうか、どんだけ無茶苦茶な「作り間違い」をしたんだ、山名さん……。

一口でこれなら、あながちイッチーとニッシーが特別弱いとは言い切れない。俺がめっぽう弱い可能性はあるけど……。

まあ、これから帰って風呂(ふろ)入って寝るだけだし、親バレさえしなければ支障はないだろう……と思っていたときだった。

ポケットのスマホが震えて、見ると黒瀬(くろせ)さんからＬＩＮＥで着信が来ている。

「なんだろう……？」

返信が滞っていたせいだろうか。でも、なんて答えればいいのだろう……とは思ったけれども、いつもより気が大きくなっていて、あまり考えずに通話ボタンを押してしまった。

「はい、もしもし」

「あ、もしもし、リュートー!?」

聞こえてきた声に、俺はスマホを耳から離してもう一度画面を見る。

「白河さん！？」

「あはは、驚いた？　今、おかーさんの家に来てるんだけど、あたしのスマホの充電切れちゃって。海愛のスマホ借りてるの」

確かに白河さんだ。今日そんな予定があったなんて聞いていなかった。

「あー……そういえば、昨日モバイルバッテリー使い切っちゃったもんね。俺も借りちゃってごめん。充電間に合わなかった？」

「ん？　あーそーそー、まあいいんだけど、こうして連絡取れたし」

「黒瀬さんと、話せた？」

「うん。だいじょぶだよ、ありがと」

家に行って、スマホ借りられるくらいだもんな。これから少しずつ、元通りになっていく方向へ向かっているんだろう。

「でね、リュート……」

そこで白河さんの声が、若干緊張した気がした。

「リュートと少し話したいんだ。二人きりで……会いたい」

「話？」

なんだろう……と考えたとき、思い出したのは先ほど山名さんに言われたことだった。

——あんたのこと信じてても、今のルナは不安だと思うよ。二ヶ月を越えるまでは。

そういえば、江ノ島での白河さんも、いつもと少し違っていた。

——二ヶ月の記念日も、こうして一緒にいられるよね？

なんであんなことを言ったんだろう。話って、そのことだろうか？

「……わかった。白河さん、もう帰る？　俺、今A駅にいるから、家まで行こうか？」

「えっ？　ううん……あの、まだ、帰る準備できてないから。だから、学校で会いたいの」

「学校？」

「二人きりで会いたいから……」

「でも、学校なんて……第一、日曜のこんな時間に入れるの？　それに俺、私服だけど……？」

居酒屋を出る前にスマホを見たときは、もう七時過ぎだった。辺りも暗くなってきたし、高校生は周りの目が気になる時間になってくる。

「大丈夫、あたしがなんとかするし……ダメ？」

気がつくと、白河さんの声は、いつもと別人のようにか弱く、細くなっていた。それが心配になって、とにかく早く会わなくてはという気になってくる。

「わかったよ。じゃあ、とりあえずこれから学校に向かうから」

「うん。何かあったら、このスマホ……海愛のＬＩＮＥに連絡してね」

「わかった」

ん？と一瞬引っかかるものを感じたが、頭がぼーっとしていて、深くは考えられずに電話を切った。

「……どうしたんだろう、白河さん」

なんだか胸騒ぎがする。

——ルナが不安になるようなことは絶対しないって、あたしに約束してくれる？

——約束する。白河さんが不安になるようなことはしない。

先ほどの山名さんとの会話を思い出しながら、俺は駅前の雑踏を通り抜け、足早に改札口へ向かった。

◇

学校に着くと、通用門の鍵が開いていた。校舎の職員室の窓には明かりが灯(とも)っているので、先生がいるためなのか、「あたしがなんとかする」と言った通り、白河さんが先に着いて、なんらかの手段で開けたか、のどちらかだろう。

りゅうと
着いたよ

海愛
体育館倉庫の中に来て

「体育館倉庫？」

体育館の中にある、マットや跳び箱をしまっておく場所のことだろうか。なんでまた、そんな場所に……とは思ったが、ここまで来たらもう、言われるままに行くしかない。

体育館は暗かったがドアは開いていて、倉庫の重い引き戸もすんなり開いた。

「……白河さん？」

倉庫には一箇所だけ窓があるが、外灯からも遠いらしく、差し込む光はほんのわずかだ。慣れない目で暗い倉庫内を見渡すと、奥の方に座り込んでいる人影が見えた。

「リュート」

白河さんの声がする。

「リュート、こっちに来て」

言われるがままに、声の方へ近づいていく。

「こんなところで、一体……」

尋ねようとしたとき、白河さんが胸の中に勢いよく飛び込んできた。

「……し、白河さん？」

「ねぇ、リュート」

白河さんは俺の首に手を回し、耳元に囁いてくる。

「あたし、リュートとエッチしたい……」

「えっ⁉」

なんだって……⁉

——この先どんどんリュートのこと好きになって、もっともっとリュートに触れたいと思って……あたしが本当に最後までしたいって思えたときにエッチしたら、生まれて初めて、カラダも心も本当に気持ちよくなれるのかなって。

昨夜は、あんなことを言っていたのに。一日で、そういう気持ちに変化したってことか？

そういうことなら……いやしかし、こんな場所で⁉

そう思いながらも、身体の方は早くも反応してしまっている。昨晩の悶々とした気持ちを引きずっていたことも、欲望の着火を助けた。

いい気分でフワフワする頭で、何か違和感を覚えながらも、白河さんの華奢な身体を抱きしめる。

「……白河さん、いいの？」

その首筋に鼻を埋めると、女の子らしい、バニラのような甘い匂いがする。

「うん……」

耳元に、ため息まじりの熱い吐息が吹きかけられる。

「白河さん……」

彼女の身体を改めて抱きしめ、輪郭を確かめるように強くなぞる。茶色いウェーブのかかった髪が、誘うように俺の鼻をくすぐった。

「あっ……」

白河さんが、たまりかねたように小さく喘ぐ。それがこの上なくエッチで、背筋がぞくっとするほど興奮した。

俺は何もかも初めてだから、実際にそういうことをする段になったら、絶対にあたふたすると思っていた。けれども、霞がかかったようにぼんやりした脳みそが、いつもなら引っかかるような細部への意識を奪ってくれているせいで、本能のままに振る舞うことができていた。

制服のブラウスの裾から手を差し入れて、少し汗ばんだなめらかな肌に指を這わせる。

「あぁ……！」

白河さんが背をのけぞらせ、反動でぴったり俺にくっつく。それが愛おしくて、さらに強く抱きしめて、彼女を感じようとした。

「……？」

そこでふと、強い違和感に出くわした。

——あたしのこと、抱きしめてくれる？

昨晩抱きしめた白河さんの感触は、未だに全身が鮮烈に覚えている。あのとき感じた、大きなやわらかい膨らみの弾力が、いくら強く抱きしめても感じられない。

……白河さん、こんなに胸が小さかっただろうか？

それと同時に、いくつもの疑問が湧き上がってくる。

白河さんは、こんなに小柄だった？　確かに細身で華奢ではあるけれども、今、腕の中にいる彼女は、記憶よりも一回り小さく感じる。

それに、香りもいつもの白河さんじゃない。

先ほどから積み重なってきた小さな違和感が、とうとう看過できないものになってきた。

そして、そもそも一番初めに覚えた違和感の正体が、もやのかかった頭の中に、少しずつはっきりと輪郭を浮かび上がらせてくる。

黒瀬さんの家に遊びに行った白河さんが、なぜスマホの充電切れで、黒瀬さんのスマホを借りるんだ？　家だったら、充電器を借りた方が早いんじゃないか？　あまつさえ、黒瀬さんのスマホを持って一人で外出するなんて……そんなこと、持ち主が許すだろうか？

そう考えたとき、抱きしめている白河さんの胸が、ブルブルと人工的に震えた。

身体を離すと、白河さんは「あっ」と焦（あせ）ったように胸ポケットからスマホを取り出す。

画面には「斎藤（さいとう）くん」と表示されていて、彼女はもつれる手で通話ボタンを押し、もう一度押そうとする。

「黒瀬さん？　言われた通り、倉庫の鍵かけといたから！　黒瀬さ……」

スマホから漏れてきた声は、そこで途切れた。焦りすぎて、なかなか正確に終話ボタンが押せなかったらしい。

聞こえてきた声は、うちのクラスの斎藤で間違いないと思う。以前、黒瀬さんと俺が日直になったとき、黒瀬さんが持っていたファイルを職員室まで運んだ男子だ。

白河さんが持っているのは黒瀬さんのスマホなのだから、黒瀬さん宛ての着信があるのは別におかしくない。

だけど……俺は見てしまった。

スマホ画面から発する光で照らされたその顔は、俺が知っている白河さんとは微妙に異なっていた。

「黒瀬、さん……⁉」

驚きすぎて、声がかすれた。

どういうことだ？

いつもと違ってメイクをしているらしい黒瀬さんは、確かに、少し白河さんに似ていた。

ウェーブがかかった茶髪ロングも白河さんっぽい。

「どうして黒瀬さんが……？」

何が起こっているのか、頭の中は大パニックだ。

目の前の黒瀬さんは、俺の様子を見て、しばらく固まっていたが。

「白河さんは？」

俺が尋ねると、小さく嘆息して、頭のウィッグを取った。まとめていた髪を解き放つと、いつもの黒瀬さんの黒髪が艶やかに流れる。

「知らない、月愛のことなんか。今頃、家でおばあちゃんが作った夕飯でも食べてるんじゃない？」

「…………」

つまり、白河さんはまったくの無関係ということか。黒瀬さんに何かされたわけではないことがわかって、少しほっとした。

「どうしてこんな……」

唖然とする俺に、黒瀬さんはニコッと微笑む。倉庫の暗さに目が慣れて、少しディテールが見えるようになってきた。

「わたしと月愛、見た目は似てないけど、声はそっくりなの。小さい頃から、電話だと親も間違えたくらい。……ね、リュート！」

一瞬、本当に白河さんに呼ばれた気がして、声の出どころがわかっているのに背後を振り返ってしまった。

なんで気づかなかったのだろう。いや、俺だけじゃなくて、クラスの誰もそんなこと言っていなかった。たぶん、話すときのトーンや言葉遣いが全然違うからだろう。

知らなかったから、白河さんからの電話だと思って疑うことなく、ここまで来てしまった。

「……どうしてこんなことを？」

「言ったでしょ。『あたし、リュートとエッチしたい』……」

再び白河さんの声真似をして、黒瀬さんが微笑む。

さっきのことを思い出して、ドキッとした。

そうか、俺……黒瀬さんにあんなことを……。

このドキドキと冷や汗が、どういう感情から来るのか、自分でもよくわからない。

でもとにかく、ここにいたらまずいことだけはわかった。

「……じゃっ。じゃあ、俺、行くから」

踵を返して入口に戻るが、金属の引き戸はびくともしなかった。

「外から鍵かけてもらったのよ。さっき聞いたでしょ？」

「…………」

斎藤の仕業か。

「なんで……」

力が抜け、俺は扉に背中をつけてずるずると座り込んだ。

「斎藤くん、柔道部だから、体育館倉庫の鍵よく使うの。隙を見て、今夜持ち出しといてって、お願いしといたから」

斎藤が、下心から黒瀬さんの言いなりになっていることは理解できた。黒瀬さんはアイドル級の美少女だから無理もない。

でも……。

「……あの窓から出るよ。それか、まだ先生いるみたいだから職員室に電話して……」

「いいんだ？　月愛にバレても？」

「え？」

「言うから、月愛に。さっき加島くんがしたこと」

「あれは……！」

反論しようとすると、黒瀬さんが俺の方へ跪いて、抱きついてきた。

「……！」

「でも」

フリーズする俺の耳に、黒瀬さんが囁いてくる。

「最後までしてくれたら、誰にも言わない」

なんだって……？

思い出したのは、山名さんの言葉だ。

――ルナが不安になるようなことは絶対しないって、あたしに約束してくれる？

さっき黒瀬さんを抱きしめてエッチな気分になったのは、白河さんだと思ったからだ。でも、実際は黒瀬さんで……。声が似てたとか、シラフじゃなかったとか、いくら言い訳を並べても、ここで黒瀬さんと二人きりで抱き合ったことは事実だ。

ここでのことを、白河さんが知ったら……。

そんなことをぐるぐる考えている間にも、黒瀬さんはぎゅうと俺に抱きついてくる。やわらかな身体に密着されると、さっきの感覚が蘇ってきて、今この瞬間だって白河さんのことが大好きなのに、そんな心とは裏腹に、身体は少しずつ火照ってくる。

「……最後までしたら、黙っていてくれるの？」

おそるおそる尋ねると、黒瀬さんは頷く。

「うん。誰にも言わない。斎藤くんだって、わたしが中にいるとは思ってないし、絶対バレないよ」

黒瀬さんは耳元で囁いて、俺の背中に回した手を、さするように上下させる。

「そんなに月愛がいいなら、月愛のフリしてあげるから。……ね、リュート？」

頭ではわかっているのに、錯覚する。

昨日の夜の悶々とした気持ちがフラッシュバックして、気がついたときには、俺は黒瀬さんを床に押し倒していた。

「白河さん……」

「リュート、来て……」

黒瀬さんの手が、俺のシャツの中に入ってくる。

頭がぼんやりして、熱い。

黒瀬さんさえ黙っていてくれれば……。

でも、白河さんを裏切ることに変わりはない。

そう考えると、冷静な気持ちが少し戻ってくる。

でも、未遂でバラされて不安な気持ちにさせるよりは……。

それでも、裏切りは裏切りだ。

頭の中で、天使と悪魔が目まぐるしく囁き合う。

「リュート……」

そのとき耳元で囁かれた声に、俺はハッとした。

——リュート、あったかい……安心する。

昨晩、耳の奥に幸せに響いた、白河さんの声。

声も、ぬくもりも……確かに似てるけど。


ここにいるのは、白河さんじゃない。


「黒瀬さん」

正気に戻った俺は、彼女から離れて立ち上がった。

「……一つ、確認していい？」

さっきから、薄々変だなと思っていた。頭がぼーっとして、何がそうなのか突き止められていなかったけど。ようやく思い当たった。

「黒瀬さんが白河さんのフリして俺を呼び出したのは、白河さんに復讐するためだと思ったんだけど……」

黒瀬さんは、両親が離婚したときに、大好きなお父さんが黒瀬さんじゃなくて白河さんを引き取ったことを恨んでいる。だから以前、白河さんの悪い噂を流して、嫌がらせしようとした。今回のことも、その延長だと思う。

「だとしたら、俺と黒瀬さんが……その、男女の仲になったとして、そのことを誰にも言わなかったら、黒瀬さん的に意味なくない？」

黒瀬さんも身を起こし、床にぺたんと座って上目遣いに俺を見る。

「……なんでそう思うの？　わたしがどっちにしても月愛に言うつもりだろうって言いたいの？」

「だって、そうじゃなきゃ……黒瀬さんの得はどこにある？　なんのために……」

好きでもない男を誘惑したりするんだ？

そう思ったとき。

「……好きなのよ」

ぽつりと、黒瀬さんがつぶやいた。

「好きだから……ただ、加島くんとしたかったの」

「ええっ!?」

そんなわけが……と思って黒瀬さんを見ると、彼女は目を伏せて震えていた。その頬には暗がりでもわかるほど赤みが差し、噛んだ唇は力が入りすぎて白くなっている。

この様子が演技だとは、とても思えなかった。

「好きなの……。わたしが月愛の噂を流したこと、叱ってくれたときから」

「な、なんで……？」

「……なんでだろ。親身になってくれた気がしたのかな。わたしの話も、ちゃんと聞いてくれたし……」

恥ずかしそうに答えた黒瀬さんは、そこで表情を引き締めて俺を見上げる。

「だとしても、あんたにとってそれは重要じゃないでしょ？」

開き直ったように言って、黒瀬さんは口の端を歪めて笑う。

「あんたは、月愛にさえ黙っててもらえればいいんだから」

「いや」

完全に理性を取り戻し、思考がクリアになった俺は、首を振った。

「だとしても、これ以上はできない。白河さんへの裏切りにはなるし。それに……」

じっとこちらを見上げている黒瀬さんに、俺は言った。

「黒瀬さんだって、かわいそうだ」

それを聞いた黒瀬さんが、はっとしたように目を見開いた。

そのとき。

「誰かいるのか⁉　話し声がするな」

体育館の方から人の声がして、ガチャッと鍵が開けられ、引き戸が開く。

見廻り中らしい、懐中電灯を持った守衛さんが立っていた。

「こんなところで何をしてる？　何年何組だ？　先生に言わないと……」

それを聞いた瞬間、黒瀬さんが走り出した。

「おいっ、こらっ！」

守衛さんが追うか迷っているのを見て、俺も走り出す。

「待てっ、お前ら！」

先生に連絡されたら、白河さんどころか学校中に、黒瀬さんと二人きりで倉庫にいたことがバレてしまう。

体育館を出ると、俺を待っていた黒瀬さんが言う。

「わたしは裏門から出るから、加島くんは通用門から帰って」

「わ、わかった」

「じゃあね……」

と一旦行こうとした黒瀬さんは、振り返って俺を見る。

「……とにかく、好きだから」

微笑(ほほえ)んで告げて、彼女は走り出した。

「…………」

一人残された俺は、瞬間ぼんやりしかけたけれども。

「……やべ」

守衛さんのことを思い出して、急いで通用門へ走り出した。

◇

長い一日だった。

白河さんと手を繋(つな)いでまんじりともせずに過ごした昨夜からのことを振り返ってみると、すべて同じ日に起こったことだとは思えない。

帰宅して自室のベッドに横たわった身体に、疲労がどっと押し寄せてきた。

天井を見つめながらぼんやり考えて、思い浮かぶのはやはり、先ほどの黒瀬さんのことだ。

——とにかく、好きだから。

あれは、告白なのだろうか？

だとしたら、俺は返事すべきなのか？

黒瀬さんには、倉庫の中で最後まですることはできないと言ったけれども、直後に守衛さんに追いかけられてうやむやに解散してしまったし、はっきり返事をしていない気がしてもやもやする。

黒瀬さん……。

倉庫の中での一連の出来事を思い出すと、激しい動悸に襲われる。

黒瀬さん、可愛いよな。男なんて選びたい放題だと思うのに、なんで俺なんだろう。

俺だって、中一の頃は好きだったし、今でも、白河さんと付き合っていなかったら……

いや、そんな「たられば」を言っても仕方ない。

今の俺には、白河さん以外考えられないんだから。

黒瀬さんには、改めてはっきり言おう。

そう思って、LINEを開いた。

なんとなく寝てはいられず、ベッドの上に正座して、通話マークを押す。文字だけで断るのは失礼かなと思ったからだ。

「……もしもし」

黒瀬さんはすぐに出た。

「もしもし、黒瀬さん？　ちゃんと帰れた？」

「うん」

「よかった。……あの、さっき言われたことなんだけど」

「加島くん」

強めの口調で呼ばれて、俺は言葉を止めた。

「返事はわかってるわ。でも、顔を見て聞きたい」

「え……」

「電話で言われたら、諦められない。もう加島くんに迷惑かけない。最後にするから……一度だけ会って？」

今の話し方は黒瀬さんだけど、その声質は確かに白河さんと似ている。そう思ったら、なおさら、無下にすることができなくて困る。

「……わかった。でも、会うのは外だよ？」

今日みたいなことになることを警戒して言うと、電話の向こうの黒瀬さんは少し笑った。

「わかってる。公園とかでいいわ」

「今日はもう遅いから、明日でいい？」

「うん。明日の明るいときにね」

そうして具体的な待ち合わせ場所と時間を決めて、電話を切った。

◇

翌日は、蒸し暑い曇天だった。

昼近くになっても、イッチーとニッシーのディスコードがオンラインにならないので、心配になってLINEからとりあえずイッチーに電話をかける。

昨日は疲れ切っていて、二人のことを気にかけながらも寝てしまった。

「もしもし？　イッチー？　大丈夫か？」

繋がったのに声がしないからこちらから尋ねると、次の瞬間、スマホが割れるかと思うような大音量が返ってきた。

「だいじょぶじゃねぇよおおおおお――――！」

「……ど、どした？」

何かあったらしいが、とりあえず無事だったことに安堵する。

「あのクソ女！　何がカルピ●ソーダだ！　カ●ピスでこんな頭が割れるほど痛くなるわけねーだろ！」

「ほんとだよ、ふざけるな！　陰キャ童貞の純情を弄びやがって！」

すぐ近くから、ニッシーの声も聞こえてくる。

「ニッシーもいるのか？」

「いるに決まってんだろ、ここは俺んちだよ！」

「え？」

「ニッシーに泊めてもらったんだよ……。『高校生の分際で、こんな時間に、顔真っ赤にして帰りやがって』って親父にぶん殴られてさぁ……家追い出されたんだ」

戸惑う俺に、イッチーが悲痛な声で説明する。

「うちも親ガンギレだったけど、ロクでもねー店員のオーダーミスだって説明して、なんとかイッチーと家に入れてもらったよ」

確かに、故意でもミスでも、高校生にあんな飲み物をサービスする店員はロクでもないよな……。

「で、寝たんだけどよぉ、明け方から吐くわ下るわ、頭は痛ぇわ」

「もう一生飲まねーって決めたわ！」

「あのクソ鬼ギャル！」

「カッシーはいつの間にかいねーし！」

「あ、そのことなんだけど、ほんとごめん……」

二人の怨嗟の矛先が向いてきたので、慌てて謝る。

「二人が寝ちゃって、することなかったし、山名さんがあとは面倒見てくれるって言うから……」

「何が面倒見るだあのクソ鬼ギャル！　『あたしもう上がるから帰って』って、水のペットボトル二本投げて追い出しやがって！」

「あんなやつ鬼ギャルじゃねー！　ただの鬼だ！」

「日輪刀でぶった斬ってやる！」

「…………」

なんとなくそんな予感はしていたが、やはり手厚い介抱はしてくれなかったようだ。

俺もそうだけど、二人にとってもとんでもない居酒屋デビューになってしまって申し訳ない……と思っていると。

「やっぱ居酒屋はダメだな」

「だな。リア充目指すなら、カッシーみたいに女の子と海行かないと」

「女の子いないけど、とりあえず海に行けばなんとかなるかな」

「ああ、とりあえず海だな」

「来年は暗黒の受験勉強サマーだし、今年のうちに水着ギャルを拝んでおかないとな」

イッチーとニッシーは、現実逃避するように、今後の抱負を語り合っている。

「……でも山名さん、二人のこと心配してたよ？」

このままだと二人の山名さんへの心証が最悪になってしまうと思って言ったのだが、まるきり嘘でもなかった。

昨日の夜、山名さんから一言「無事帰ったから、ヤバそうだったらウコンでも買ってあげて」と、メッセージが送られてきていた。

「え、マジ？」

すると、イッチーの声色が変わった。

「鬼ギャルにも人の心はあったのか……」

「上げて落として上げるとか、ギャップ萌えの達人すぎん？」

「やっぱ時代は鬼ギャルだな」

「飴と鞭のループから逃れられんわー！」

ニッシーと悔しげに言い合っている。たくましい友人たちでよかった。

そんなわけで、二人の無事がわかり、三人でしばらく他愛もない話をして電話を切った。

そのあとで、俺は黒瀬さんと会うために、家着のジャージを着替え始めた。

◇

黒瀬さんと会う約束をしたのは、K駅の近くにある大きな公園だった。もともと黒瀬さんとは同じ公立中だったので家が近いし、戻ってきたおじいちゃんの家は、昔と同じ場所だということだった。

家から十分ほど歩いて公園に着くと、待ち合わせ時間の数分前だったのに、すでに黒瀬さんは来ていた。

「加島くん」

俺に気づくと、黒瀬さんは嬉しそうに微笑んだ。その顔が可愛くて、これから言おうと思っていることを考えて辛くなる。

もともと好きだったのだから見た目はタイプだし、より一層心苦しい。

でも、ちゃんと言わなくては。白河さんを不安にさせないためにも、黒瀬さんには、きっぱり。

「来てくれてありがとう、加島くん」

黒瀬さんって、こんなふうにやわらかく笑うんだ。

それは、教室で男たちに見せる媚びるような笑顔でも、白河さんの悪い噂を流していたときのような意地悪な笑みでもなく、好きな人や友達の前で見せるような自然な微笑みだった。

好きな人……やっぱり、俺のことが好きって本当なんだ……。

「歩いて話さない？」

黒瀬さんの提案で、俺たちは公園の中の遊歩道を歩くことにした。晴天の日には木漏れ日が美しい場所だけれども、今日のような曇りの日にはひたすら薄暗く感じる。真夏の屋外で快適に過ごせる場所が少ないことを考えれば、傍に人工の小川も流れているので、ここは涼しげでいいところだ。

「加島くん、守衛さんに捕まったかと思った」

「大丈夫だったよ。口だけで、追いかけてこなかったみたい」

「そっか。おじいちゃんだからかな」

公園は線路沿いの高台にあって、通り過ぎる電車や、上空を通る飛行機の音で、時折会話が中断される。

何度目かの中断の後で、俺は意を決して口を開いた。

「黒瀬さん」

すると、隣の黒瀬さんが急に立ち止まる。

「加島くん、わたしね」

前を見つめて言った黒瀬さんは、足元に視線を落として、そっと微笑んだ。

「ここに来るまで、楽しかったの。……デートみたいな気がして、何着ようかなとか迷ったり、髪の毛セットしたり……」

なんとなくハッとして、黒瀬さんの全身を見た。黒瀬さんは黒とピンクのギンガムチェックのワンピースを着ていた。ハンドバッグと靴は黒で、ゴスロリとまではいかないけれど、全体的にガーリーなテイストのアイテムで統一されている。

「でも、フラれるんだね。わかってたけど、辛いね……」

黒瀬さんの足元に、ポタポタと雫が落ちた。ついに降ってきたかと空を見ようとして、彼女の瞳に目が留まった。

黒瀬さんは泣いていた。口元を引き結んで、堪えるように細めた両目から、大粒の涙が次々に溢れていく。

「今までわたしに告白してくれた男の子たち……加島くんも、こんな気持ちだったのかな？　辛い思いさせて、ごめんね、加島くん……」

「ごめん、黒瀬さん……」

黒瀬さんの言葉をなぞるように言うと、彼女の肩が大きく上下した。

はっきり断ろうと思って、ここへ来たけれども。

今の彼女に、これ以上言うのは酷な気がした。これだけでも、俺の気持ちは充分すぎるほど伝わっているはずだ。

俺はずっと、自分がモブ顔の陰キャだからモテないし、好きな女の子にもフラれるんだと思っていた。でも、恋愛は人と人との縁と、タイミングなんだ。だから、黒瀬さんみたいな美少女が、俺みたいなイケてない男にフラれることだってある。白河さんみたいな可愛くていい子が、男に泣かされてばかりだったりもする。俺みたいな男が、白河さんみたいな素敵な子と付き合うことができたりする。

陰キャだからモテないとか、可愛い子だから人生楽勝とか、そういうのは色眼鏡でしかないんだと気づいた。

これで黒瀬さんに昔フラれたことへの腹いせができたとか、そんなことは微塵も思わないけれども。

——ごめんね。加島くんのことは、お友達だと思ってるけど……。

あの瞬間からずっと抱えてきた、心の中の大きな重りが、すっと取り除かれたような気がした。

「黒瀬さん……少し座って休む？」

遊歩道には所々にベンチがある。人目を気にして提案した俺に、黒瀬さんは弾かれたように飛びついてくる。

「……!?」

咄嗟に身を硬くして離れようとしたけれども。

「……っく……うぅっ……く」

子どものように泣きじゃくる彼女を目の前にすると、胸が痛んでできなかった。

「っ……加島く……んっ」

泣く合間に、黒瀬さんが喉の奥から懸命に言葉を押し出す。

「もう帰るから……っ、少しだけ……こうさせて……」

「……わかったよ」

黒瀬さんは俺の胸に顔を埋め、背中に手を回して、しがみつくように抱きついて泣いている。

この華奢な背中を、抱きしめ返すわけにはいかないけれど。

今この瞬間だけは、彼女の気持ちに寄り添ってあげたいと思った。

第三・五章　ルナとニコルの長電話

「ニコル、バイトおつ〜！」

「おールナ、海楽しかった？　台風は災難だったねー」

「ねーマジ。でも楽しかったよ。リュートと手繋(つな)いで寝れたし」

「まーＬＩＮＥでだいたい聞いたけどさ。やっぱあの男すごいわ」

「リュートはマジメだから」

「そーね。それだけはあたしも認めてきたわ。でも、マジメな男も、浮気(うわき)しないとは限らないけどね？」

「んー……そうかもしれないけど、それでもリュートは『the last man』だからね」

「は？　何それ、映画？　ア●ンジャーズ？」

「ふふ。とにかく、リュートのことは心配してないってこと」

「そんなこと言ってても、やっぱ不安なんでしょ？　二ヶ月過ぎるまでは」

「……そうだね。なんでだろうね」

「やっぱ、お父さんのことがあるんじゃない？」

「……ん。おかーさんに小さい頃から言われてたことが、ずっと心のどこかにあるんだよね。『浮気しない男なんかいない。女は我慢するしかない』って」

「でも、お母さんはとうとう我慢できなくなって、出ていったわけじゃん？」

「ん……。でも、おとーさん、おかーさんのことを本当に一番好きだったんだと思う」

「はぁ？　だったら浮気すんなよって話じゃん。うちのオヤジもそうだけどさ。愛した女を傷つけてまでするセックスってそんないいわけ？」

「……わかんないよね」

「わかりたくもないわ。わかる必要もないし」

「……あたしね、前までの彼氏と付き合ってたときは、頭のどこかで最初から思ってたんだ。『この人には浮気されるかもしれない』って」

「だからあたし、いつも最初に言ってたじゃん。でもルナは『信じたい』って」

「うん。信じたかったけど、裏切られて……でも頭の中で『やっぱり』って思ったから、どこかで納得っていうか……ギリギリ耐えられるくらいのショックだった」

「それでも、いっぱい泣いたよね、ルナ……」

「うん……。だけど、リュートのことは、本当に、心から信じちゃってる自分がいるの。

だから……怖いんだと思う」

「万が一でも、浮気したらって？」

「ん……。そのとき、あたしは耐えられるのかなって。……まぁ、リュートに限ってそんなことはないんだけどね」

「そーね。ま、時間が解決してくれるでしょ。ひと月後には笑ってるよ。『やっぱ心配する必要なかった』って」

「そーだね。そうなるね、きっと」

笑いながら、スピーカーモードでベッドに置いているスマホを見る。好きな人とお揃いのスマホケースを見つめて、月愛は一人、目を細めた。

第四章

一学期最後の学校は、朝からなんだか異様な雰囲気だった。

「あっ、ほら……」

「へぇ、地味そうな感じなのに、やるじゃん……」

俺が登校すると、話したこともない同級生が、こちらを見てコソコソ言っている。

白河(しらかわ)さんがらみだろうか？　しかし、交際カミングアウトからしばらく経(た)っているのに、なぜ今？

教室に入って自分の席に向かおうとすると、すでに着席していたイッチーが、俺の姿を認めて血相を変えた。

「カッシー！」

急いで席を立ち、巨体を揺らしてこちらへやってくる。

「おはよう、イッチ……」

「何やってんだよ、お前⁉」

「え？」

「いいから来い！」

教室から連れ出され、廊下の隅にやってきた俺はわけもわからず友の顔を見る。

「ど、どうしたんだよ、イッチー」

「お前こそどうしたんだよ⁉　カッシー、黒瀬（くろせ）さんと浮気してるんだって⁉」

「えっ……⁉」

頭が真っ白になった。

もちろん浮気はしていない……つもりだ。けれども……。

「誰がそんなことを？」

「みんなだよ！　学校来たら、みんなその話してて、俺まで陽キャから『マジなの？』って話しかけられたりして」

「なんでそんな……」

「思い当たることが、あるんだな？」

イッチーの細い目ににらまれて、俺は思わず目を逸（そ）らしてしまう。

「いや、浮気じゃないけど……」

黒瀬さんと二日にわたって個人的に会っていたことは事実だ。そのどこかを切り取って誤解されたとしたら……でも、そんな不確かな状況証拠で、「浮気だ」と断定されるだろうか？

もしかしたら……。

「あっ、おい！　待てって、カッシー！」

イッチーが呼び止める声も耳に入らず、俺は教室に戻る。

「お前、ヤッたのか⁉　白河さんというものがありながら……あんな美少女ともヤッたのかーっ⁉　クソー！　クソッタレ似非陰キャめーっ！」

イッチーの地団駄が鳴り響く廊下から教室に入ると、クラスメイトの視線がさっと俺に集中し、分散した。

教室に、白河さんの姿はまだない。

俺は自分の席に向かって、鞄を置いて。

「黒瀬さん、ちょっといい？」

隣の席の彼女に声をかけた。

黒瀬さんはピクッと肩を揺らして、こちらを見る。俺から話しかけられることを覚悟していた様子だ。

「……いいよ」

そう答えた顔は、驚くほど気落ちしているように見えた。

俺たちは、近くの空き教室に入った。

俺が扉を閉めるや否や、黒瀬さんが口を開いた。

「わたしじゃないから」

黒瀬さんは、やはり沈鬱な表情をしていた。目の周りもうっすら腫れているような感じで、ゆうべ遅くまで泣いていた跡に見える。

「でも、じゃあ……」

「二の次だったのよ、月愛への復讐とか。わたしがただ、加島くんに愛されたかっただけなんだから……」

嘆息するように、黒瀬さんは言葉を吐き出す。

「それが叶わなかったのに、噂だけ流すなんて……そんな虚しいことしないわ。わたしにだってプライドくらいある」

この様子を見る限り、彼女が嘘をついているとは思えない。

「……そうか、ごめん」

俺が謝ると、黒瀬さんは口元に力のない微笑を浮かべる。

「わたしこそ、振り回してごめんね。ＬＩＮＥもブロックするから」

「……うん……」

こうなっては、そうするしかないなと思う。

「じゃあ……行こう」

教室に戻るため、ドアに手をかけようとしたとき。

「ねぇ、加島くん」

呼び止められて振り向くと、黒瀬さんは微笑を浮かべていた。先ほどまでと違って、その顔は、意気消沈した中にも喜色で彩られていた。

「昔、加島くんがわたしに告白してくれたときにＯＫしてたら……今、加島くんの隣にいるのは、月愛じゃなくてわたしだったのかな」

黒瀬さん……。

なんとも答えられずに黙っていると、黒瀬さんの微笑が再び暗いものに変わる。

「……なんてね。考えてもしょうがないのにね」

行きましょ、と促されて、俺は「うん……」と今度こそドアを開けた。

そのときだった。

「きゃっ！」

目の前の人影が叫び、足元に何かが落ちてバキッと鳴った。

それがよく見知ったケースに入ったスマホだったので、はっとして顔を上げる。

そこにいたのは、白河さんだった。

その後ろには、般若(はんにゃ)のような面持ちの山名(やまな)さんも立っている。

「リュート……」

白河さんは、信じられないといった表情で、小さく首を振っていた。

「昔……リュートが告白してフラれた女の子って……海愛(まりあ)だったの……？」

あっ、と思った。

聞かれていたんだ。

白河さんに、まだ言っていなかったことを……。

「どうして……どうして言ってくれなかったの……？」

「ごめん、それは……」

「なんで謝るの？」

白河さんは、悲痛な面持ちで唇を震わせる。

「あたしに謝らなきゃならないこと、したの……？」

「いや、ちが、それは……」

「聞きたくないっ！」

初めて聞いた白河さんの激しい声に、身体が凍りついて動けなくなる。

白河さんは、打ちひしがれた顔で俺を見つめていた。その瞳に光るものが盛り上がってくる。

「なんで？　リュート……いやだよ、あたし……耐えられない」

そう言うと、白河さんは踵を返し。

「白河さん！」

俺の声にも振り向かず、廊下を走っていってしまった。

追いかけないと、と思ったが、その前に目の前に落ちている白河さんのスマホを拾おうとして、伸ばした手が固まった。

そこには、俺と黒瀬さんが抱き合っている写真が、蜘蛛の巣のように割れた画面いっぱいに表示されていた。画面はおそらく、落下の衝撃でひび割れたのだろう。

「…………」

昨日の公園での写真だ。俺の背後斜め後ろからズームして撮ったような画角で、これでは黒瀬さんが泣いていることも、俺が彼女の身体に手を回していないこともわからない。

我に返ってスマホを拾おうとしたとき、目の前でかっさらうようにして先に拾われた。

山名さんだ。山名さんは鬼の形相で俺をにらみつけると、スマホを左手に持ち替え、右手を大きく振りかぶった。

「サイッッッテ――――！」

バシッと音がして、頬に鋭い痛みが走る。

顔が勝手に横を向き、ビンタされたのだとわかった。

「……このクソ男……」

山名さんは俺をひとにらみすると、白河さんのあとを追いかけて走っていった。

「……大丈夫？　加島くん」

背後から声をかけられ、振り返ると黒瀬さんが心配そうな顔をしていた。

「うん……」

「じゃあ、行くね。これ以上誤解されたくないでしょ」

そう言うと、黒瀬さんは俺の横をすり抜けて教室を出ていく。

一人取り残された俺は、はっとして廊下に出る。追いかけようにも、白河さんの姿はもうどこにもなかった。

とりあえず教室に戻ってみるが、白河さんも、山名さんもいない。

頬がヒリヒリして触ってみると、指先に薄く血がついた。山名さんの長い爪が当たって

傷がついたのだろう。

どうしてこんなことになったんだろう……。どこで、どうすればよかった？

終業式の間、ずっとそればかり考えていた。

白河さんのスマホに表示されていた写真は、他のクラスの同級生が撮ったものだと、クラスメイトの会話から判明した。K市にある別の中学の出身者で、昨日、同中（おなちゅう）の友達と地元の公園にいたところ、遠巻きに俺と黒瀬さんを見つけて、撮影したのだそうだ。俺と白河さんの交際を知っていたから、スクープ！　とばかりに友人に送信した結果、瞬（またた）く間（ま）に学年中に広がったらしい。

写真にはインパクトがある。俺と黒瀬さんがどういう関係で、どういう話の流れであの状態になったか知らなくても、あの写真を見てしまったら、そういうことなのだろうと思ってしまう気持ちは想像できる。

白河さんは傷ついただろう。そう思うと申し訳ない。

早く説明して、誤解を解かなければ。

とはいえ、黒瀬さんが中一のときの告白相手だったという話をしていなかったのは事実だ。秘密にしていたつもりはないのだけれども、言っていなかったことに変わりはない。

そうだよな……言っておけばよかったんだ。黒瀬さんが転校してきたその日のうちに。

でも、偶然にも隣の席になってしまって、日直やら何やらで話す機会も多いし……白河さんに余計な心配をかけたら嫌だなと無意識のうちに思って、言わなかったんだ。それが、こんな事態を引き起こすなんて。

あの写真だけだったら、白河さんはまだ俺の話を聞いてくれたかもしれない。でも、俺が黒瀬さんとの過去を隠していたから……他にも隠し事があるのかもしれないと思ったのだろう。

黒瀬さんと人目のある場所で会ったことを含めて、俺なりに白河さんのことを考えて取った行動が、すべて裏目に出てしまった。

早く話したい。浮気なんかしてないけど、黒瀬さんのことを話してなくてごめんって謝りたい。

そう思うのに、白河さんは帰ってこない。

とうとう終業式が終わって、放課後になっても、白河さんは戻ってこなかった。

◇

灰色の夏休みが始まった。

翌日、俺は予備校の夏期講習に参加していた。高三になったら通いたいと思っていた予備校なので、お試しの気持ちもあって、親に頼んで、主要科目の二週間コースに通わせてもらうことになっていた。

五月に申し込んだものなので、まさか白河さんとこんなことになるなんて……そもそも女の子と付き合うことになっているとすら想像もしていなかった時期に決めた予定だから、仕方ない。

けれども、せっかくの授業内容は、残念ながら半分も頭に入っていなかった。白河さんのことを考えながら、とりあえず板書だけはノートに写していく。

昨日、白河さんは教室に鞄(かばん)を置いたまま、山名さんと一緒にどこかへ消えてしまった。きっと二人でいたのだろう。話がしたくて、教室に誰もいなくなってもしばらく待ったが、帰ってくる気配がなかったので、白河さんを捜しながら学校を出た。

それから、白河さんの自宅近くで、帰ってくるのを待った。同じ場所にいるとご近所に怪しまれるので、道を行ったり来たりしたり、家の周りを周回したりして暗くなるまで待った。午後八時ごろ、顔立ちの整った四十代くらいの男性が、白河さんの家に入っていくのを見た。たぶん白河さんのお父さんだろう。目元が黒瀬さんと似ている気がした。九時になっても白河さんは帰ってこないので、諦めて帰宅した。帰ってきたのを見逃しているのかもとも思ったが、二階にある白河さんの部屋の窓は、最後まで暗いままだった。

ＬＩＮＥの方は、いくらメッセージを送っても、まったく既読がつかない。電話も呼び出し音が鳴るばかりだ。

山名さんにも一応メッセージを送ってみたが、同じく既読がつくことはなかった。

こんなに長い時間連絡を取らないのは、付き合ってから初めてだ。安否すら心配になってくるが、山名さんも一緒なら身の危険はないだろうと信じるしかない。

講習は、午前に三時間、午後に三時間ある。これがノンストップで二週間だ。

授業が終わってから、自習室で宿題をやって予備校を出ると、もう外は薄暗くなっていた。電車に乗って帰る途中、Ａ駅で下車して、白河さんの家に行く。白河さんの部屋が暗いことを確認して、肩を落として駅へ戻る。

こんな生活を、俺はそれから十日以上、毎日続けた。

そして、夏期講習最終日の午後。

いい加減疲労も溜まってきて、昼食後の眠気覚ましに机上に置いた缶コーヒーをちびちび飲みながら、板書を機械的にノートに写していたときだった。

ポケットの中のスマホが震えて、ビクッとする。この二週間、ずっとそうだ。まあ、大体はアプリからのお知らせだったりするんだけど……。

まだ通知を止めてないアプリがあったのかなとスマホを取り出して、目を見張った。

表示されていたのは、イッチーからのＬＩＮＥメッセージだった。

いじちゆうすけ
おい、お前の彼女、浮気してるぞ！
写真を送信しました

「……‼」

どういうことだ？

写真が送られてきているらしいので、ロックを解除してＬＩＮＥを開く。

そこに写っていたのは。

間違いなく、白河さんだった。

白河さんは水着姿だった。楽しそうに笑って、隣にいる人物の腕を取っている。その人物とは……。

爽やかな小麦肌のイケメンだった。背の高い、リーフ柄のシャツが似合う大人の男性が、白河さんを見つめて愛しそうに微笑んでいる。

「うそだろ……」

思わずつぶやいてしまい、隣の席の生徒がちらりと俺を見た。

りゅうと
これいつの写真？

いじちゆうすけ
今だよ今！

りゅうと
ここどこ?

いじちゅうすけ
千葉!
外房のビーチ

「千葉……?」
なんでそんなところに? 白河さんは、その男と何をしてる?
訊きたいことはいっぱいあったが、混乱して何から尋ねていいかわからない。
そうしている間にも、授業は進んでいく。
時刻は一時半で、授業はあと二時間以上ある。でも、もうそれどころではなかった。
缶コーヒーを飲み干し、テキスト、ノートをまとめて鞄に突っ込んで、立ち上がる。

教壇の講師は、教室を出ていこうとする俺を一瞥したけれども、何も言わなかった。百人以上いる大教室だからだろう。

予備校の校舎を出ながら、俺はイッチーに電話をした。

「もしもし、イッチー？」

「カッシー？　講習中じゃないのか？」

「白河さんと話したのか？」

「い、いや。俺たちもさっき見かけたところだし、向こうは気づいてないから」

「俺たち？」

そう尋ねると、電話の向こうから「俺もいるぜー！」とニッシーの声が聞こえてきた。

「二人は、そんなところで何を？」

「決まってんだろ、海水浴だよ」

「湘南とか怖いから房総に来たぜ！」

「千葉なら俺たちのことも受け入れてくれそう！」

「それで、白河さんは？」

とにかく、彼女のことが気になって仕方ない。

「まだいるよ。海の家でイケメンとイチャついてる」

「…………」

「……もしかして、カッシーたち、もう別れてたのか？」

「え……」

イッチーのやや遠慮がちな声色に、胸がズキっとする。

「……別れてないよ」

少なくとも、俺にはそんなつもりはない。

でも。

あんなことがあって、もう二週間も連絡が取れなかったら……白河さんの方は、もしかしたら。

そう思うと、居ても立っても居られない。

「今から行くから、海水浴場の名前教えて」

「えっ⁉　マジかよカッシー！　予備校はいいのか⁉」

イッチーにそう言われても、駅に向かう足はもう止まらなかった。

◇

来てしまった。

二時間ほどかけて、俺はイッチーから聞いた駅に到着した。千葉はベイエリアくらいしか行ったことがないので、思ったより田舎めいた雰囲気で驚く。

ビーチに向かっているとき、グループLINEの方にメッセージが来た。

チームKENキッズ（3）
いじちゆうすけ
ごめん、日焼けが痛すぎるからもう引き上げたわ……
肌まで陰キャだった orz

あなたの仁志名蓮（にしなれん）
同じく……
白河さんがいるのは「LUNA MARINE」って海の家な

「ルナ、マリン……？」

何か運命的なものを感じて、いやな予感がする。

駅から歩くことほどなくして、二人に言われたビーチが見えてきた。もう四時前なので、砂浜からは帰り足の人が目立つ。そのせいか、江ノ島に比べて、混雑している感じはなかった。

砂浜が広くて、遠くまで広がっている、開放感のあるビーチだった。フルレングスのパンツにスニーカーという完全タウン仕様の自分が場違いに感じる。予備校のテキストが入ったリュックが重い。

道路側にいくつか並んでいる海の家を見ながら、靴に砂が入らないよう静かに砂浜を歩いた。

「ＬＵＮＡ ＭＡＲＩＮＥ」は、砂浜の終わりの方にある、一番端の海の家だった。

すぐに近づく勇気が出なくて、隣の海の家との間でじっと佇(たたず)んでいたときのことだった。

裏口から出てきた人影を見て、俺は目を見張った。

「ねぇ、ちょっと海で遊んできていい？」

すらっとした手足に、束ねられた明るい茶髪、グラマラスな谷間を彩(いろど)る、見覚えのあるビキニ……その明るい声も……。

間違いようがなく、白河さんだった。

この二週間、ずっと会って話したかった。

連絡が取れないその身を案じたりもした。

その彼女が、目の前にいる。

「白河さ……」

思わず近づきかけたとき、裏口のドアが再び開いた。

「いいよ〜、月愛」

出てきたのは、イッチーからの写真に写っていたイケメンだった。

若い雰囲気だけれども、子どもっぽさが微塵（みじん）もないから三十代くらいなのだろうか。茶色に染めて、伸ばした前髪にパーマをかけたヘアスタイルがチャラついているように感じる。長身で、服を着ていても細マッチョの体格がわかる、筋張った長い手足が妬ましい。

何から何まで、俺とは全然違う。

そんな男を見て、白河さんは目を輝かせる。

「ね、マオくんも一緒に行かない？」

そう言って、彼女は男の腕を取る。

「ねぇ、行こー！」

「ダメだってー。まだ営業時間だから」

「えーいいじゃん！　もう人いないよ？」

男の腕を摑んで甘えた声を出す白河さんを見て、心に石のような重りが積み重なっていく。

「いいじゃん、いいじゃーん！」

「ダーメ。ニコルちゃんと遊んできな～」

なんだって？　と思っていると、砂浜の方から新たな人影が現れた。

「ほら行くよー、ルナ！　あんまりマオくん困らせないの」

笑いながらそう言ったのは、なんと山名さんだった。黒いチューブタイプのビキニが、スレンダーで黒めの肌に似合っている。

「前から思ってたけど、あんた、ほんとマオくんのこと好きだね」

呆れたように言われても、白河さんは嬉しそうに微笑む。

「だって、たまにしか会えないじゃん。マオくん、すぐどっか行っちゃうし」

そう言って唇を尖らせる白河さんは、どこからどう見ても、可愛らしい恋する乙女だ。

「どっかって、仕事だし」

二人に「マオくん」と呼ばれている男は、困ったように苦笑する。

側(はた)から見れば微笑ましい海辺の男女の光景だけれども、俺には悪夢の中のように景色ごと歪(ゆが)んで見える。

今、見聞きしたことを総合すると。

ずっと前から、白河さんには本命の彼氏がいた。それが「マオくん」。けれども、彼が仕事であまり会えないから、白河さんは他に彼氏を作り……俺と付き合うようになった。

そうとしか思えない。

そして、山名さんも、そのことを知っていた。

それなのに。

——ルナが不安になるようなことは絶対しないって、あたしに約束してくれる？

俺にはあんなこと言うなんて……。

グルだったんだ。全部知っていて、俺のことをからかっていたんだ。

あんまりだ……。

やっぱり、俺みたいな陰キャに白河さんと付き合う資格はないのか……？

白河さんが好きなのは、大人のイケメンなのか……。

今まで、白河さんの元カレのことを想像してしまいそうになっては、考えないように頭から追い出していた。けれども、こんなふうに残酷な場面を目の当たりにしてしまったら、もう現実として受け止めるしかない。

本当に、身のほど知らずだと思う。俺みたいなやつが、白河さんのような女の子の本命彼氏になれると思っていたなんて。

だけど俺は、本当に白河さんのことが好きだった……好きなんだ、今も。

彼女が目の前で他の男といちゃついている、今この瞬間も。

現実を受け止めるのが辛い。辛くてたまらない。

真夏の太陽に容赦なく照りつけられ、頭がガンガンして、吐き気までしてくる。

──リュートのそういうとこ……好き。

あの言葉も、あの微笑みも、嘘だったのか？

俺とのことは、全部遊びだったのか……。

ショックのあまり呆然として、地の底へ落ちていくような錯覚に陥っていたときのことだった。

「ダメだって～！　ほら、お客さん来てるから」

白河さんにそう言った「マオくん」が、急に俺の方を見た。

「いらっしゃーい！　今から海入ります？」

気さくに声をかけられて、俺は固まる。

「……⁉」

同時に、白河さんと山名さんも俺の方を見て……。

「えっ⁉」

「はぁっ⁉」

信じられないものを見たように、絶句した。

「リュート……⁉」

俺たち三人の様子を見て、戸惑い顔だった「マオくん」も、やがて心得顔になる。

「あー……もしかして、月愛が言ってた彼氏ってやつ？」

本命彼氏の余裕なのか、笑みすら浮かべて言う男を、俺は無言でにらみつける。

「………」

なんて不敵な男なのだろう……。俺と違って、他の男の存在を知っていながら、平然と白河さんと付き合い続けていたなんて。

「そっかそっか～！」

あまつさえ、にこやかな笑みまで湛えながら。

「電車？　遠かったっしょー？　暑さもパないしね～」

世間話をするゆとりまであるときた。

まさか、こいつにとっては、白河さんとのことは遊びなのか？

本命彼氏でありながら、彼女のことをその程度にしか想（おも）っていないなんて……許せない。

白河さんは、こんな浮ついた男のどこがいいんだ？

そりゃ、見た目は申し分ないかもしれないし、大人だから経済力も、包容力もあるかもしれないけど。

……俺と違って……。

ダメだ。

いくら考えても勝てる要素が思いつかなくて、目の前の男を見れば見るほど、気持ちがどんよりしてしまう。

もうダメだ。

このまま引き下がって、セカンドの男に甘んじるしかないのか……。

それがいやなら、白河さんと別れるか……。

俺に残されたのは、その二択しかない。

そんなことを思って、泣きそうな気持ちになっていると。

「初めましてだから、自己紹介しないとねー」

男がこちらに近づいてきて、ポケットからカードケースのようなものを取り出す。

「この名刺でいいかなー？　よろしくね～」

渡された名刺を見て、俺は目を見開いた。

旅作家
黒瀬(くろせ)　真生(まお)

黒瀬⁉

驚いて顔を上げる俺に、男はとびきり男前なスマイルで告げた。

「ドーモー！　月愛の叔父でぇす！　姪(めい)がお世話になってるみたいで～！」

おじ……⁉

おじさん……。

……に、しては……なんかチャラくね……？

しかし、名刺を見る限り、それは真実なのだろう。

名前と年恰好から察するに、白河さんのお母さんの弟だろうか。

俺のおじさん……正月に酔っ払って三段腹を揺らしながら下ネタを飛ばしてくる親戚たちとは、何もかもが違う。

「ちょっと、あんた」

拍子抜けして呆然としていると、山名さんが血の気の多い顔つきで俺をにらんでくる。

「誰から聞いたか知らないけど、一体どのツラ下げてこんなとこまで来たわけ？」

「やめて、ニコル。違うかもしれないから」

白河さんが止めようとして、山名さんと相対する。

「違う？　何が違うっての？　どう考えてもクロでしょーが」

「他の人だったらそうかもしれないけど……リュートなら、本当に違うかもしれない」

噛み締めるようにつぶやいて、白河さんは俺を見て……また目を逸らす。

「あれからいっぱい悩んで……やっと、そう思えるようになったの」

白河さん……。

そんな俺たちを見て、真生さんが明るく口を開く。

「まーまー、暑い中こんな遠くまで来てくれて、彼氏くんも疲れたっしょ？　コーラでも飲んで、とりあえず休んでってよ～！」

た。

「あ……加島です」

名乗り忘れたことに気づいて慌てて言った俺に、真生さんは人の好い微笑で応えてくれた。

「りょ！　カシマリュートくんね」

その笑顔は確かに、白河さんとよく似ていた。

◇

真生さんの海の家に上げてもらった俺は、海に向かって小上がりのようになっているテーブル席で、白河さんと向き合って沈黙していた。テーブルの上には、真生さんがサービスしてくれたコーラの瓶が二本置かれている。

山名さんは、六時からバイトが入っていると言って、先ほど帰っていった。

「……中一のときフラれた相手が黒瀬さんだって、言ってなくてごめん」

俺が切り出すと、白河さんは小さく頷く。

「白河さんと黒瀬さんの関係を知らなかったのもあるし、終わったことなのに不安にさせるかもしれないから、最初はあえて言う必要もないのかなって思ってたけど……双子だってわかって。言うタイミングを失ってたんだ」

　白河さんは、再び頷く。それだけを救いに思って、俺は続けた。

「白河さんと海から帰ってきた日……黒瀬さんに告白されたんだ」

　俯いていた白河さんが、驚いた様子で俺を見る。

「海愛と、仲良かったの？」

「いや」

　俺は首を振る。

「ＬＩＮＥは訊かれたけど、そんなに話してない。前に、白河さんの噂を流したことで話聞いたとき……俺が親身になってくれたとかで、好きになってくれたみたい」

　自分でこんなことを言うのはこそばゆいので、手短に伝える。

「電話で断ろうとしたんだけど、『電話じゃ諦めがつかない』って言われて、公園で会うことにして……会ったら黒瀬さんが泣いてしまって。……『少しだけこうさせて』って。あの写真は、そのときのだと思う」

　なるべく言い訳っぽくならないように、事実だけをかいつまんで述べた。

「でも、そんなこと知らなかった白河さんは、驚いて……傷ついたと思う。本当にごめん」

白河さんは、すぐに首を横に振る。

「あたしこそ、ごめん。……それ、リュートは悪くないよね」

そう言って、俺に少しだけ微笑んで見せた。

「海愛が悪いわけでもないし……悪かったのはタイミングだね」

「そうかもしれないけど……白河さんを傷つけたのは事実だし。白河さんのことを本当に考えるなら、黒瀬さんになんと言われても、会いに行かなければよかったって、ずっと後悔してた」

朝起きたとき、夏期講習の授業中、帰りの電車で、夜寝る前……この二週間、何度、時間を戻したいと思ったかわからない。

「ううん。リュートは悪くないよ」

白河さんは穏やかに言う。

「リュートは優しいから、そうするだろうなと思う。リュートが、あたしにしてくれてるのと同じように、海愛にも優しく接してくれたこと……あたしは嬉しい。姉としてね」

そして、俺を見て微笑んだ。

「ありがとう、リュート」

「白河さん……」

胸のつかえが流れていき、温かい気持ちになる。

その一方で。

「で、でも白河さん、俺のこと怒ってたんじゃない？　だからＬＩＮＥも無視して……」

「あっ、違うの、ごめん！」

はっとした顔で、白河さんは慌てて言った。

「あのとき廊下でスマホ落として……画面がバッキバキに割れちゃって、全然何も操作できなくなっちゃったの。修理したいと思ってお店に持って行ったら、こんな割れてたら中も壊れてるかもしれないから本体ごと取り替えた方がいいって言われて。でも、それってめっちゃお金かかるじゃん？　まだこれ買って一年くらいなのに、そんなの、おとーさんに相談しなきゃならないし、すぐに決められないままこっち来たら、このへん全然お店なくて、何もできなくなっちゃったの」

「……あー……」

スマホか。そのパターンは考えていなかった。だって……。

「ＬＩＮＥって、パソコンからもできなかったっけ？」

「え、そうなの？　スマホと同じアカウントにログインできる？」

「うん、たぶん……」

「そっかぁ」

感心したように言って、白河さんは海の方に顔を向ける。

太陽はもう山側に沈みかけているので、海はほんのり暗く、夕方の雰囲気を漂わせ始めていた。遠くに見えるサーファーの影が波に乗ったり、消えたりするのを横目で見ながら、白河さんの横顔を見守る。

すると、白河さんは、海の方に向けていた視線を手元に落とした。

「……ほんとはね、確認するのが怖かったんだ。だから、スマホが壊れてよかったって思ってたのかも」

そう言って俺の方を見て、白河さんは再び目を伏せる。

「リュートのこと、信じたかったけど……信じてるつもりだったけど、何か事情があるんだろうって、それを聞かなきゃって思うより先に、傷つきたくないって思っちゃった。だって、この世に絶対なんてないでしょ？　リュートは九十九％浮気しないって思ってても、もし今回のが残りの一％だったら……その相手が海愛で、リュートの初恋の相手で……って考えたら、受け止められる気がしなくて」

沈んだ表情で言った彼女は、そこでそっと微笑む。

「リュートと付き合ってから、あたし、すごく幸せだったから。リュートは真面目だし、元カノも、よく遊ぶ女友達もいないって言うし……。そういうの初めてで……心の底から、リュートのことを信じられたの」

そう言ってもらえて嬉しい反面、白河さんの元カレたちのことを考えて、俺は複雑な気持ちになる。

「だから、裏切られたときのことなんか考えてなくて……むき出しになってた心がどれだけ傷つくか考えたら、確かめるのが怖かったんだ」

ひっそりと語り、白河さんは顔を上げた。

「でも、やっぱりそれじゃいけないと思って。リュートが何をしてたとしても、あたしはリュートとこれからも付き合い続けたい。だったら現実に向き合わなきゃと思って……昨日、マオくんに頼んで、隣町のお店までスマホ修理に出してもらったところだったの」

「そうだったんだ……」

連絡が取れずに悶々(もんもん)とした二週間、彼女の方もいろいろ考えてくれて、心境の変化があったらしい。謝罪をすぐに受け入れてもらえたのは、そのためだろうと思った。

「リュートには心配かけたよね、ごめんね」

白河さんの言葉に、俺は首を横に振る。

「いいよ。今こうやって会えてるから」

「どうしてあたしがここにいるってわかったの？　家の人に聞いた？」

「いや、たまたま友達がここの海に来てたみたいで、白河さんを見たって教えてくれて」

「えっ、マジ!?　友達って……もしかして、リュートがいつも一緒にいる身体の大きい子？　イチジくんだっけ？」

「あ、うん。伊地知くん」

　白河さん、イッチーのことを知ってたのか。まあ、知ってるよな。俺が「友達」って言えるのなんかイッチーとニッシーだけだし……。教室でイッチーと話しているときに白河さんが来ると、イッチーはすぐに「どぞどぞー」とそそくさ離れて行ってしまうので、紹介できたことはないけど。

「えーもしかして今もいる？」

「いや、もう帰った。日焼けが痛いって」

「あー、ヤバいよね。あたしもめっちゃ焼けちゃった」

　そう言って、白河さんは水着の肩紐に手をかける。

「ほら見て、こんな」

　ずらされた肩紐の下の肌は、確かに周りに比べてうっすら白かった。それでもまだまだ色白に感じるから、元がよほど白いのだろう。

「いや、そんな焼けてないよ」

　ドキドキしながら目を逸らすと、白河さんは「えーそう？」と肩紐を放す。

「だったらよかったー！　あたしは白ギャル目指してるから、日焼け止め塗りまくってるんだけど、毎日だから、やっぱ焼けるよね」

「……ずっとこっちにいるの？」

　そういえば、白河さんはどうしてここにいるのだろうという疑問もまだ残っている。叔父の真生さんが、海の家をやっていることまでは把握できたが。

「あーうん、そうそう」

　白河さんは、忘れていたと言うように説明を始めた。

「あたしね、両親が別れてから、毎年、夏休みは母方のひいおばあちゃんちに遊びに来てるの。ひいおばあちゃん、この近くに住んでて。おかーさんと会うのは、おとーさんの手前、気が引けるけど、ひいおばあちゃんならいいかなって思うし。たまに、おかーさんやマオくんも顔出してくれたりして、けっこう楽しいんだ」

「じゃあ、夏中ずっと？」

「ううん。八月の半ばに花火とお祭りがあるから、それ目当てで、一週間か二週間くらい。今年はマオくんがこのビーチで海の家やるって聞いてたから、ちょっと手伝おうかなーとは思ってたけど、さすがに夏中はしんどいし、八月になってからかなーって話してたんだけど……」

そう言うと、白河さんは俯く。

「……リュートとのことがあって、なんか、どうしようもなくなっちゃって……ニコルもバイトがあるからずっと一緒にいてくれるわけじゃないし、えいっ！って、終業式の夜に制服でこっち来ちゃった」

なるほど。だからあの日、いくら待っても白河さんは家に帰ってこなかったのか。

「それまでは学校にいたの？　終業式の日」

尋ねてみると、白河さんは「ん？」と顔を上げる。

「うん。化学室で、ニコルに慰めてもらってた。ニコルは『バイト休んで一緒にいようか？』って言ってくれたんだけど、さすがにそこまでは甘えられないなと思って」

山名さんなら、白河さんのためにそこまでやってくれそうだけどな、と思っていると、白河さんはキリッとした顔で俺を見る。

「ニコルはね、ネイリストになるのが夢なの」

「ネイリスト……？って、マニキュア塗ったりする人のこと？」

「今はジェルネイルだね。あたしもニコルもジェル派なんだ。ジェルしか勝たん！」

「そ、そうなんだ?」

俺にはよくわからないが、白河さんは楽しそうに自分の爪を見る。水着とお揃(そろ)い柄のネイルは、この前見たときよりだいぶ根元の地爪が伸びていた。

「ニコルは高校卒業したら、ネイルの学校に行って資格取る予定なの。でもニコルんちシンママだから、親にお金頼れないって、高校にいる間に入学金と学費をできるだけ稼ごうとして、めっちゃバイト入れてるんだ」

そうだったのか。

あんな感じだけど、頑張ってるんだな、山名さん……。

「リュートは、何してたの? この二週間」

「え、ああ、夏期講習……」

「あー、言ってたね」

そろそろ最後の授業が終わった頃だ。山名さんの話を聞いたら、親に授業料を出してもらっておきながら、ほとんど一コマ分サボってしまったことに罪悪感を覚えた。

「みんな、ちゃんと将来のこと考えてるんだなぁ……」

白河さんはテーブルの上に置いた肘で頬杖(ほおづえ)をついて、遠くの海に視線を向ける。その横顔は、なんとなく不安げだ。

「白河さんは、卒業したらどうするの？」

この前はYouTuberとか言っていたけど、あれは冗談だろう。

「ん？　うーん……」

頬杖を外して、白河さんは俺を見る。

「あたしね、今ちょっと抜け殻なんだ」

「え？」

どういう意味だと思っていると、白河さんは微笑む。

「あたしの高校時代の目標、もう叶(かな)っちゃったから」

「どんな目標？」

尋ねる俺に、白河さんは恥ずかしそうにはにかんでみせる。

「『ずっと一緒にいられると思う人と、両想(りょうおも)いになること』」

海風が吹いて、白河さんの長い髪が緩やかにたなびく。まぶしそうに目を細めて微笑む彼女は、藍色に暮れつつある海を背景に、いつも以上に美しく見えた。

「……この二週間、辛(つら)かったけど」

そう言って、白河さんは視線を落とす。

「これを乗り越えられたら、きっと、リュートのこともっともっと信じられて、もっともっと好きになれると思った」

口元に微笑を浮かべて、白河さんはこちらに顔を向ける。

「さっき、リュートの話を聞いたとき……あたし、最初からすっと信じられたの。うんうんそうだよねって。自分でも驚くくらいあっさり、何も疑う気にならなかった。それって、リュートがほんとにほんとのことしか言ってなかったからだと思う」

そして、ほのかな苦味を噛み締めるように唇を噛む。

「……彼氏とモメたことは何度もあるけど……そんなこと、初めてだったんだよ。そう思ったら、二ヶ月三ヶ月じゃなくて、急にその先の未来が見えてきた気がして……」

白河さん……。

「……ずっと、落ち着ける場所を探してたんだ」

ふと、白河さんがつぶやいた。

「今の生活も悪くないけど……あたし、おとーさんとおかーさんと海愛と、みんなで暮らすのが好きだった。でも、おとーさんとおかーさんが別れて、家族はバラバラになっちゃって……気づいたんだ。白河家は、おとーさんとおかーさんが作った家族だから。二人がダメになったら、壊れちゃった。だから、あたしはあたしで、大事な人を作らなきゃって。あたしの家族を、作らなきゃって」

「家族……」

何やら壮大なワードが出てきたので復唱すると、白河さんは焦ったように俺を見る。

「あっ、重い？　重いよね、こーゆーの……」

「いや、重くない」

彼女の反応で、気がついた。「家族」って、もしかしてそういう意味なのか？

つまり……白河さんは俺との将来まで考えてくれていると……？

そう思ったら、急に顔が熱くなって、舞い上がってくる。

「おっ、俺も……！」

つい力の入った口調になってしまった俺を、白河さんが「え？」という顔で見つめる。

「俺も……白河さんと……ずっと一緒にいたい、って、思ってた……」

上擦った声で伝えると、白河さんも頬を赤くする。

「……リュート……」

そこで、はっと気づいたような顔になる。

「あっ、もちろん、高校出てすぐリュートに養ってもらおうとかじゃないからね!?　働くか進学か、どっちかはするから」

「う、うん、わかってる」

なんだこれ？　夢じゃないのか？

夢の方が、よっぽど現実味がある。

「はぁー……」

喉の奥が熱すぎるので、冷たいコーラの瓶を取って飲む。

「ちゃんと受験勉強しなきゃな……」

横に置いたリュックを見て、つぶやいた。

うちの高校からでも、毎年難関大学に合格する生徒は何人かいる。そこそこの大学にAOで入れたら楽だなーなんて考えてたけど、一般受験でいいところを志望できるくらいに、今からでも勉強しよう。

その先に、白河さんとの未来があるなら、なんだって頑張れそうな気がする。

「リュート頭いいから、めっちゃいい大学入れそう」

白河さんにそんなことを言われて、俺は焦る。

「ええっ？　いや、今のままじゃ全然……もっと勉強しないと」

「あー、そしたらあたしも進学しよーかな。このままじゃどんどん差が開いて、大学の賢い女子にリュート取られちゃうかも」

と、ぶーたれた顔をする白河さんが可愛い。

「そんなことは起こらないよ」

「え、じゃあ、なんで笑ってるの？　リュート」

「……白河さんがヤキモチ妬いてくれてると思ったら……嬉しくて」

俺が言うと、白河さんは赤面する。

「も～！　進路のことシンケンに考えてたのにー！」

「ごめん、つい」

二人で笑い合っていた、そんなときだった。

「おーい、二人とも～！」

厨房の方から、真生さんが声をかけてきた。

「そろそろ閉めるよー」

気がつけば、海はすっかり昼間の輝きを失っている。まだ五時だから日没は先だけれども、砂浜にいる人はもうわずかだった。

「あ、待って！　あたしシャワー浴びるから」

白河さんが慌てて立ち上がろうとすると、真生さんが「え？」と声を上げる。

「もう家で着替えたらよくない？」

「でも、リュートを駅まで送らなきゃ……」

「えー、帰るの？　用事なかったら、ばあちゃんち寄ってけばよくね？」

「あっ、それいい！　ねぇリュート、サヨばあに挨拶しよ？」

「えっ⁉」

「ダメ？」

白河さんにキラキラした瞳で見つめられ、行く以外の選択肢がなくなってしまう。

「じゃあ、お邪魔でなかったら……」

「わーい！」

今日はなんて日だろう。ずっと連絡が取れなかった白河さんが浮気（うわき）してると知らされて、駆けつけて。目の前でイケメンといちゃつかれて絶望してたら、そのイケメンは叔父さんで。再会した白河さんは、俺との遠い将来のことまで考えてくれて……今度はひいおばあさんのお宅に招かれるなんて。

ジェットコースターのような一日だ。

ビキニ姿のまま喜んではしゃぐ白河さんを見ながら、そんなことを考えた。

◇

それから俺は、白河さんと一緒に真生さんのワンボックスカーに乗り込んだ。山側の方の道へ揺られること五分ほどで、白河さんのひいおばあさんのお宅へ到着する。

そこは、ゆるやかな山道の途中にある、どこか懐かしい一軒家だった。瓦葺きの二階建てで、下草の生い茂る庭は広い。真生さんの車を停めても、まだ鬼ごっこができるくらいのスペースがあった。

「サヨばあ、ただいま〜！」

ビキニの上から大きめのTシャツを着た白河さんは、そのまま家に入っていく。

家主の許可がないまま入るわけにはいかないよなと玄関に立っていると、真生さんに「いいから入っちゃって」と肩を組むように押されて、家に上がることになった。

「あらまぁ」

導かれるまま居間らしき和室に入ると、座椅子に座っていた小柄な老婦人が、驚いた顔でおろおろしていた。一足先に白河さんから聞いたところらしく、「あらまぁ〜」が止まらない。

「初めまして。白河……月愛さんとお付き合いさせていただいています、加島龍斗です」

「まぁ～」

さすがにひいおばあさんだからご高齢の容貌で、八十代から九十代くらいに見える。深い皺がいくつも刻まれた顔に化粧っ気はなく、グレイヘアを束ねたヘアスタイルと質素な服装で、あたふたしている様子を見ると、突然押しかけてしまって申し訳ない気持ちが増す。

「あらまぁ、るうちゃんがお世話になって……。なんもないところですけど、お茶でも飲む？」

そう言って腰を浮かして、ひいおばあさんはテーブルの上のお盆に手を伸ばす。そこには急須や茶筒と、蓋に穴が空いた謎の筒があって、はっとした。白河さんが旅館でお茶セットを駆使してお茶を淹れてくれたのは、ここで使い方を知っていたからか。

「あ、いーよ、冷蔵庫の麦茶出すから」

白河さんが軽やかに動いて、台所の冷蔵庫の扉を開ける。

「あぁ、そうね、若い人は冷たいものの方が……」

「ってか、ばあちゃん、またエアコン切ってね？」

真生さんが首を手で扇いで、テーブルの上のリモコンを取る。

「今年も暑いんだから、熱中症であの世へヒュウィゴーしちゃうよー?」

「扇風機で大丈夫よ。みんな暑いなら点けたらいいけどねぇ」

見ると、部屋の隅に年季の入った扇風機が置かれていて、部屋に換気程度の風を送っていた。テーブルの上には、どこかの電話番号が印刷されたうちわも置いてあって、ひいおばあさんはそれで暑さを凌いでいたらしい。

真生さんがエアコンを点けると、蒸し暑い室内に生温い風が吹き込んでくる。少し部屋の温度が下がった頃、白河さんが麦茶のグラスを四つ載せたお盆を持ってきた。

「はい。サヨばあも飲んだ方がいいよ。水分補給」

「大丈夫よぉ、ずっとお茶飲んでたから」

そう言いながらも、ひいおばあさんはグラスに手を伸ばす。ひ孫がせっかく用意してくれたからだろうか。

「サヨばあ、なんかお茶菓子ある?」

「あぁ、冷蔵庫の横に落花生があるわよ」

「はは、千葉丸出しだなー」

「だって、もらうんだもの」

「いいじゃん、あたし落花生好きー」

白河さんが笑いながら、落花生の入った木の器を持ってくる。

「さ、リュート、座って座って」

「あ、はい、ども……」

そうして、俺は白河さんとひいおばあさんと真生さんと、しばらく四人で歓談した。

白河さんのひいおばあさんの渡辺サヨさんは、御歳九十歳にして、この地で一人暮らしをしている。近所の人たちからのサポートもあり、健康体で特に不自由もないということで生活できているそうだ。

それでも、毎年取り上げられる高齢者の熱中症死などのニュースで心配になった娘……白河さんの母方のおばあさんたちが話し合って、真生さんがこの夏、ビーチで海の家を経営しながら、ここに住むことになったらしい。

真生さんの本業は旅作家で、普段は世界各地を旅して、本を出版しているのだという。元々はカメラマンを志望していたということで、その腕を生かした天職だと言っていた。三十八歳の独身で、もう長い間、決まった住まいは持っていないが、住民票だけはこの家に置いているという話だ。

白河さんが小さい頃、東京での仕事の際に白河さんの家に居候していたりした期間があったため、白河さんも兄のように彼を慕っているようだ。ただの叔父さんにしては仲が良すぎると思っていたが、話を聞いて納得した。

「……で、朝起きたら財布もカメラもパソコンも盗られてて、マジヤベーやつじゃんって。パスポートだけは、胴に巻きつけて寝てたのが不幸中の幸い的な？」

「やっぱ外国ってこわいよね～」

紹介が一通り済むと、話は真生さんの海外での体験談になった。何度か聞いた話なのか、白河さんは慣れた合いの手を入れている。

「あ、ねぇねぇマオくん、あの話してよ！　マカオのカジノでイカサマ師と対決した話！」

白河さんがはしゃいで言って、何それめっちゃ面白そう、と興味を惹かれまくっているのだが。

さっきから俺は、居間の鴨居の上にある時計ばかり気にしていた。

「え？　あの話長いよ～？　えーっと、あれは八年前……」

「あ、あの、すいません」

時刻はもうすぐ六時半。親は今日も予備校だと思っているし、帰りにかかる時間を考えたら、今すぐにでもお暇しなくてはならない。

「俺、そろそろ帰らないと……」

すると、白河さんが「あー」と時計を見る。

「そっか、もうこんな時間だもんね……」

そう言いながら露骨にしょんぼりした表情になるので、俺も名残惜しい。

「……帰るなら、駅まで送ってくけど？」

そんな俺たちの様子を見て、真生さんがやや遠慮がちに声をかけてくれる。

「あ、はい……ありがとうございます」

白河さんの様子を見ながら、立ち上がろうとしたときだった。

「せっかくだから、泊まっていってもいいのよ？」

ひいおばあさん改めサヨさんが、そんな俺たちを見て口を開く。

「今からじゃもう、東京に着くの遅くなっちゃうでしょ。今夜は泊まって、明日明るいときに帰ったら？」

「えっ……」

そんなこと思ってもみなかったので戸惑う俺に対して、白河さんは顔を輝かせる。

「あっ、それいい！　そうしよ？」

「ばあちゃんち、部屋はいっぱいあるしね～。なんなら月愛が帰る日までいてもらったらよくね？」

冗談めかした真生さんの言葉に、白河さんはさらに喜びの表情になる。

「あ、それもっといい！　そうだ、リュートも夏祭り行こーよ！　花火もあるよ⁉」

「えぇっ⁉」

一晩ならまだしも、初めて会った人のお宅に連泊⁉

「な、夏祭りって、いつ？」

「八月のお盆の……えーっと、いつだっけ？」

「約二週間後だね～」

真生さんに言われて、俺はさらに面食らう。

「二週間⁉」

リアルおばあちゃんちでもしんどい期間だ。それに。

「いやでも、そんなお邪魔すると……食費とか申し訳ないですし」

「そんなのはいいのよぉ。うちはもらいものばっかりだし」

「ばあちゃんの人徳で、食費はほとんどタダだしね～」

からかい気味に言う真生さんの言葉を、サヨさんは手を振って否定する。

「田舎だからよ。みんな自分のとこで使い切れないってくれるんだから」

そういえば、玄関にカブがいっぱい入った段ボール箱が置かれていたなと思い出す。

「もちろん、無理にとは言わないけどねぇ。都合もあるでしょうし。でも、その方がるうちゃんも喜ぶかと思って。ニコちゃんもそんなに来られないみたいだから」

ニコちゃん……山名さんのことだろう。サヨさん、山名さんにも会ったことがあるのか。

「え……えーっと……」

「ダメ？」

白河さんが、目をうるうるさせて俺を見ている。

白河さんと二週間、ひとつ屋根の下で暮らせたら……。

そりゃ、俺だって。

嬉しい……。

「……ちょっと、親に連絡します」

「わーい！」

スマホを取り出して俺が言うと、白河さんはもう決まったみたいに喜んだ。

本当に今日はなんて日なんだろう。

こうして俺は、白河さんのひいおばあさんのお宅で、約二週間の間お世話になることになったのだった。

第四・五章　黒瀬海愛の裏日記

フラれちゃったね、海愛（まりあ）。

小学生の頃から、いろんな男の子に告白されてきた。わたしさえその気になれば、いくらでも彼氏なんてできたはずだった。

月愛（るな）はバカだから、すぐに乗せられて付き合って、ダメで別れて。見事「ビッチ」のレッテルを貼られちゃって。

でも、わたしはそんな失敗しない。

わたしは、自分の女としての価値を知ってる。わたしは安売りするべき女じゃないわ。

わたしの初めては、わたしにふさわしい、完璧な男性に捧（ささ）げられるべき。そう信じて、今まで貞操を守ってきた。

でも……。

初めて本気で男の人を好きになったら、そんなことどうでもよくなってた。

加島（かしま）くんは、全然完璧な男じゃない。

それでも、彼にすべて捧げるつもりだった。そうしたかった。

それだけが、わたしが一発逆転できる最後のチャンスで、賭けだったのに。

わたしはすべてを拒絶されたんだ。

抱く価値すらない女だって。

……そう思って、落ち込んでたけど。

あれから少し時間が経って、そうじゃなかったのかもって思い始めた。

少なくとも、加島くんは、わたしを自分の欲望のために利用しなかった。

加島くんが「わたし」としたかったってことは、あの夜の彼を見ていればわかった。汗ばむ肌も、乱れる息遣いも、熱を帯びた場所も……今でも生々しく思い出せる。

わたしが月愛じゃないってわかったあとも、彼は一瞬迷ってた。つまり、彼の中に、わたしと最後までするって選択肢があったから。それって、わたしが「ナシ」な女じゃなかったってことだよね？

もし、加島くんにとって、わたしが「抱ける女」だったのなら。最後までして、なんなら、その後も飽きるまで関係を続ける手もあったと思う。加島くんと同じ立場だったら、そうすることを選ぶ男だって、きっと大勢いるはず。

でも、彼はそれをしなかった。

そんなに月愛のことを愛してるの？

そう思うと、悔しいけど。

あのとき告げてくれた言葉が、わたしの救いになってる。

「黒瀬さんだって、かわいそうだ」って。

加島くんは、わたしのために我慢してくれた。そう思ってもいいよね？

どっちにしろ、わたしは傷ついてるよ。飽きるまで抱かれて捨てられるのと、どっちの方がマシだったのか。今のわたしにはわからない。

でも……今は苦しくて、そんなこと全然考えられないけど。

またいつか、加島くんと同じくらい好きになれる男の人に出会えたら。

そして、今度は、その人からも愛を返してもらうことができたなら。

そのときわたしは、もしかしたら、加島くんの決断に感謝するのかもしれない。

心から思い合えた人に、初めて自分のすべてを捧げることができるから。

いい人を好きになったね、海愛。

いい初恋だったね。

そう自分に言ってあげられるのかもしれない。

だけど、今はまだ、わたしはとても苦しい。

第五章

翌朝。

「リュート、朝だよ〜！」

遠くから、白河さんの声がする。

ドアを開けて部屋に入ってくる、軽やかな足音。シャッ、シャーッとカーテンの開く音。

夢か。

今日の夢は、随分といい夢なんだな。

こんな……ひとつ屋根の下で白河さんと暮らせる夢なんて。

……ん？

ひとつ屋根の下⁉

「リュート！　いつまで寝てるの〜？」

「うわあっ⁉」

布団から起き上がると、目の前に白河さんのドアップ顔があった。

「……！」

キスすらできてしまいそうな至近距離に、寝起きの心臓が止まりそうになる。

目が大きい……可愛い……。

寝起きのせいか、脳内の語彙力低下も甚だしい。

どうやら、白河さんは俺を起こそうと膝をついてのぞきこんだところだったらしい。

「リュ……」

白河さんの頬が赤らんで、慌てたように顔を逸らされる。

「リュート、朝だよ……？」

動揺を残したまま、ちらちらと俺を見て告げてくる。

「う、うん、ごめん……」

枕元のスマホを見ると、時刻は七時だった。予定のない夏休みなら二度寝を決め込む時間だけど、今日は違う。

今日から、白河さんと、真生さんの海の家のお手伝いをする。お世話になる分、少しでもお役に立てることがあればという感じで志願した。オープン時間の九時に間に合うよう、真生さんの車に乗って三人で出発する予定だ。

白河さんは、Tシャツにショートパンツというよりラフな格好だ。よく見るとTシャツの襟から水着の紐がのぞいているから、下に着ているみたいだ。

「早く下行こ！　もう朝ごはんできてるよ」

そう言う白河さんについて、階下に下りていく。

一階に行くと、居間兼ダイニングのテーブルには、すでに朝ごはんが並んでいた。

「あっ、すいません……」

申し訳なくなって台所へ行くと、真生さんがみんなの茶碗にご飯をよそっていた。

「おはよ～！　ちゃんと寝れた？」

「あっ、はい……」

昨日はあれから「せっかくのお客さんだから」と、サヨさんが知り合いのお店からお寿司の出前を注文してくれた。新鮮なネタが美味しいお寿司をいただきながらの歓迎会は長引いて、案内された二階の空き部屋に布団を敷いて横たわったのは夜十一時頃。いろいろありすぎた一日を振り返っていたら、なかなか寝つけなくてアラームで起きられず、今に至る。

「おはよう、リュウくん」

お風呂場の方からサヨさんも現れた。洗濯をしていたみたいだ。

「おはようございます。食事、手伝えなくてすみません……」

「いいわよう。あり合わせばかりだし。お味噌汁は、るうちゃんが作ったのよ」

後ろにいる白河さんを振り返ると、彼女は「えへへ」と笑う。

「そうでーす！」

「るうちゃんもいつもはお寝坊なんだけど、今日はリュウくんがいるから『あたしも何かやりたい』って」

「っ、サヨばあ！」

白河さんが赤くなって声を上げる。

白河さん、俺のために味噌汁作ってくれたんだ……。

そう考えて、口元が緩んでしまう。

「サヨばあ、元気で料理上手だから、小さい頃はお皿運び専門で甘えてきたけど。さすがにもう九十歳だし、あたしもできることはしたいから」

言い訳のように言って、白河さんは赤い頬を手で扇ぐ。

二人でいるときは好意を素直に見せてくれる彼女だが、身内にかいがいしさがバレるのは恥ずかしいらしい。

そうして、四人で正方形のテーブルを囲んで、朝食をいただいた。

おかずは、サヨさんお手製のぬか漬けや干物、納豆といったシンプルなものだったけれども、自宅ではパンかシリアルで済ませている俺にとっては新鮮だ。

白河さんが作ってくれたのは、カブとわかめの味噌汁だった。カブの厚さにムラがあって、厚めのものは力を入れて噛(か)む必要があったが、それもなんだか愛(いと)おしい。

「……どう？」

味噌汁を飲んでいると、隣の白河さんが尋ねてきた。その顔は少し心配そうだ。

「うん、美味しいよ」

俺が答えると、白河さんは微笑(ほほえ)む。

「よかったぁ」

ほっとしたようなその笑顔は、朝日と同じくらいまぶしかった。

◇

ビーチには、今日も真夏の太陽の光が降り注いでいた。

「ロッカー借りたいんですけど」

「はーい！　温水シャワー付きでお一人千円です」

もう二週間お手伝いしているからか、白河さんは、海の家「LUNAMARINE」に来たお客さんを慣れた様子でさばいていく。そんな彼女を横目に、俺はテーブルを拭いたり、割り箸立ての位置を変えてみたりと、手持ち無沙汰気味に働いていた。

午前中は着替えに来るお客さんが多かったが、昼時になると食べ物を買うお客さんが増えてきて、徐々に店内の席も埋まっていく。

それが一段落した二時近く、俺たちは真生さんに声をかけられた。

「ちょーっと仕入れがてらばあちゃんの様子見てくるから、店お願いしてもいーい？」

「うん、いーよ！　いってらっしゃい～」

「二人も適当に休んでね～。腹減ってたら好きなもの食べちゃいな」

「はーい！」

白河さんが答えて、俺も会釈（えしゃく）で見送った。

「リュート、先お昼食べていいよ。あたし、さっき裏でアイス食べちゃったから」

「いいの？　ありがとう」

白河さんに気を遣ってもらって、座敷（ざしき）の隅で一人、たこ焼きを食べ始める。

そんなときだった。

「あ、ルナちゃーん」

「今日もいるー」

チャラついた男たちの声に、ぎょっとして店の入り口の方を見る。

トーストだったらこんがりどころか焼きすぎの域に入るくらい焼けた肌の、腰パン水着の若い男二人組が、白河さんにいやらしい笑みを向けて入ってきた。

「いらっしゃーい……ませ」

心なしか、白河さんの笑顔も張りつき気味だ。

「ルナちゃん、今一人？」

「今日もマジかわいいよね。どこ住み？　近所？」

男たちからの質問攻めを、白河さんは「あはは〜」と笑顔でかわそうとしている。ちらっと俺を見る視線に、ＳＯＳを感じた。

俺だって白河さんを助けたい。だが……。

怖ぇ！　年上っぽいし、あからさまに陽キャというかもろウェイ系だし、苦手な人種この上ない。

俺がためらっている間にも、二人は白河さんに執拗に話しかけている。

「ワンチャン、俺とこいつどっちがいい？」

LUNA MARINE
staff
LUNA MARINE

「え……」

「ワンチャン！　ワンチャンでいいから」

酒でも飲んでいるのか、二人は空気を読まずにテンション高くからんでくる。

「ちなみに、こいつはめっちゃ早い」

「いや、でも俺めっちゃデカいから」

「………」

これはひどい。露骨に下ネタだ。

さすがの白河さんも困り果てた顔をしている。それを見たとき、俺の中で何かが弾けた。

「あの！」

座敷から立ち上がると、男たちはビクッとしてこちらを見た。どうやら、俺の存在に気づいてなかったようだ。

「ロ……ロッカーですか？　それとも、お食事ですか？」

俺なりに「用がないなら出て行け」と言ったつもりだ。

すると、男たちは気まずさを隠すようにニヤニヤして、顔を見合わせる。

「あー……」

「バイトくん？　お客さんじゃなかったんだ」

「また来るね、ルナちゃん」

　そう言って、踵を返して店を出ると思いきや。

「……ちなみに」

　と、一人が再び白河さんに話しかける。

「ちなみにだけど、バイトくんと俺とこいつだったら、ワンチャン誰？」

　は？

　なんで俺が入るんだ……。

　いやがらせのつもりか、からかっているのか、男たちはニヤニヤと俺を見ている。

　もうこんなふざけたやつらは無視でいい。そう思って、唇を引き結んだときだった。

「彼です」

　白河さんが、きっぱりと答えた。

「あたしの彼氏なんで」

眉を上げ、目尻を吊り上げて、男たちをにらんでいる。

白河さんの本気の怒り顔を、初めて見た。

「へ？」

「マジ？」

男たちは、呆気に取られた顔になる。

「意外～……」

「え、そっち系がタイプなの？」

そして、白けた顔をして、今度こそ店を後にした。

「あーだり～」

「どっかに可愛い子いねーかな」

フラれた気まずさからか、わざとらしく大声で言い合い、男たちは姿を消した。

「……白河さん、大丈夫？」

すぐに、白河さんの様子をうかがう。

「ごめん、変なこと言われる前に助けてあげられなくて……」

「ううん」

白河さんは首を振った。

「こっちこそ、リュートまで巻き込んでごめんね。先週からよく来てるお客さんなの。このへんの大学生なんだって」

「いつも、あんなからんでくるの？」

「ううん、初めて。たぶんマオくんがいなかったからだと思う」

なるほど。確かに、真生さんみたいな大人のイケメンに監視されていたら、あんな強気には出られなかっただろう。俺だからナメられたのだと思うと悔しいが、一方でさっきの白河さんの言葉を思い出すと頰が緩む。

――彼です。あたしの彼氏なんで。

陽キャたちの前でも、堂々と言ってくれた。そのことが嬉しい。

俺が彼氏でも、いいのだろうか？

少しずつ……少しずつだけれども、そう思うことができるようになってきた。

「……なんかさ、思ったんだけど」

ふと、白河さんが難しい顔で口を開く。

「あたしに声かけてくるのって、あーゆー感じの男の人ばっかなんだよね。なんでだろ？」

自問するような口調で、腕組みする。

「元カレもだいたいそうだったし、マオくんもどっちかっていうとあっち系だし？　前までは特になんとも思ってなかったんだけど……。最近リュートとばっか話してたから、違和感すごくて」

そう言う彼女を、俺はじっと見つめる。

「白河さん、ああいうタイプが好きなんじゃないの？」

まあ、今のはちょっとひどすぎたけど、ああいうノリの陽キャイケメンじゃないと、白河さんのようなギャル系美少女の隣にふさわしくないのではと思う気持ちは、いまだに消えない。

「え？　全然」

白河さんはあっさり答えた。

「てか、あんまタイプとかないなぁ。テレビ見てカッコイイなーって思う芸能人はいるけど、恋愛ってコミュニケーションじゃん？　あたしのこと好きになってくれる人とじゃないと始まらないし」

「なるほど……」

同じ女の子でも、いろいろな恋愛パターンがあるのだなと思う。白河さんみたいに、告白してくれた人とは基本的に付き合うことにして、そこから相手を知って好きになっていきたいタイプもいれば、黒瀬(くろせ)さんみたいに、自分の中で気持ちが大きくなる人もいるみたいだ。

「それって、好きになった人がタイプ……ってやつとは違う？」

俺が尋ねると、白河さんは難しい顔で天井を見た。

「うーん……」

しばらく考えてから、ほんのりはにかむ。

「……そうかも。あたし、リュートみたいな人がタイプなのかも……」

小さくつぶやいて、俺を見つめた。

「っていうか、リュートが好き」

頬を紅潮させて微笑(ほほえ)んだ白河さんが可愛くて。

「うっ……」

思わず心臓を押さえるくらいときめいてしまった。

そんな俺の顔を、白河さんはじっと見る。

「リュートは？」

「ん？」

「……本当は、海愛(まりあ)みたいな女の子がタイプなんじゃないの？」

ちょうどさっき黒瀬さんのことを考えたところなのでドキッとしてしまう。

黒瀬さんのことを思い出すと胸が痛い。でも、目の前にいる白河さんを見ると、やっぱりこの彼女を裏切ることはできなかったなと改めて思う。

「ねーえ？　どうなの？」

白河さんは唇を尖らせ気味にして眉を下げ、不安げに首を傾げてこちらを見ている。そんな彼女を見たら、胸の中から愛しさが溢れ出してしまう。

さすがの俺でも確信を持てる。これは……やきもちを妬いてくれてるんだ。

可愛い……。

「うーん……」

「……!?」

俺が唸ると、白河さんが焦った様子になる。

可愛い。可愛すぎて死ねる……。

「タイプって話なら、確かにギャル系より清楚系の方が好みだけど……」

俺の言葉に、白河さんがシュンとする。

可愛い。

もっと見ていたいから、さらに困らせてしまいたい気持ちも湧いてくるけど、そういう意地悪をするのはかわいそうだよな。

「白河……月愛さんが、俺のタイプなんだと思う」

俺が言うと、白河さんの頰にポッと赤みが差した。

「なんでフルネーム⁉」

たちまち顔中を真っ赤にして、白河さんが口を開く。

「な、なんでだろう。その方が伝わるかと思って……」

白河さんの動揺がすごいので、俺も恥ずかしいことを言ってしまった気がしてうろたえる。

「リュートってさー、ずるいよね。全然チャラくないのに、そういうこと真面目に言うの」

いまだ赤みの残る頰で、白河さんがつぶやいた。

「しかもさ、結局言ってることあたしと一緒じゃん」

「……ほんとだ」

「まあいいけど」

そう言って、白河さんは俺に小さく微笑みかける。

「あたしたち、お互いがタイプってことでしょ？」

「そういう……こと、だね」

本当にそうなのだとしたら、この上なく嬉しい。

目が合うと照れ臭くて、俯（うつむ）いてフフッと笑ってしまう。ちらりとうかがうと、彼女も同じような様子だった。

恥ずかしいけど、幸せな時間だ。

「すいませーん、飲み物ください」

そこで入口の方から呼ばれて見ると、ペットボトルが氷水漬けになっている店頭のアイスボックスの前で、お客さんが立っていた。

「あ……」

「はぁい！」

俺が動くより先に、白河さんが入口へ駆け出す。

「たこ焼き冷めちゃうでしょ？　早く食べなよ」

振り返ってウィンクする彼女がまぶしくて……この夏が永遠に続いてもかまわないと思った。

◇

真生さんが帰ってきてから、俺たちは休憩をもらって海で遊んだ。白河さんはやっぱり子どものようにはしゃいで、見ているこっちも楽しくなった。

営業時間が終わって、帰りの車に乗っていたときのことだった。

「あっ、マオくん」

後部座席で隣に座っていた白河さんが、思い出したように口を開いた。

「頼んだの、買っといてくれた？」

「あーうん、牛肉って牛こまでよかったー？」

「え？　コマって？」

「何に使うの？」

運転席からミラー越しに尋ねられた白河さんは、ちらっと俺の顔を見て目を逸(そ)らす。

「えっと、うーん……」

「まあ、肉巻きおにぎりとかじゃなければ、だいたいの料理には使えるんじゃね？」

それを聞いた白河さんは、ほっとした顔になる。

「よかった、ありがと！」

「……？」

なんだろう。白河さん、料理するのだろうか？

家に着き、さっとシャワーを浴びて着替えをした白河さんは、急にいそいそと台所で何かの準備を始める。

「あら、るうちゃん。どうしたの？」

サヨさんに声をかけられると、白河さんはやる気に満ちた微笑みで答える。

「今日は、あたしが夕飯作ってあげる！」

「あらまぁ」

サヨさんは笑って、俺に目配せする。

「ありがとうねぇ。楽しみだわ」

「お、俺も手伝うよ」

一人で手持ち無沙汰になってしまうので一緒に台所に立とうとすると、白河さんが俺を手で制する。

「だいじょぶだから！　リュートは座ってゲームでもしてて」

「え……う、うん……」

そんなに強く言われたら、行かない方がいいのかなと思わざるを得ない。

そうして、居間の隅でスマホをいじりながら白河さんを待っていると。

「あれ？　ねぇ、サヨばあ～？」

「ん～？」

白河さんに呼ばれて、テーブルでお茶を飲みながらテレビを見ていたサヨさんが、立って台所へ向かった。

「じゃがいもどこ？」

「じゃがいも？　今はないんじゃないかしらね」

「えっ、この前はあったじゃん⁉」

「一昨日、コロッケにしたでしょぉ」

「……あ～～～！」

白河さんが、しまったという声で叫ぶ。

「他にないの？　もらってない？」

「じゃがいもはもらわないわよぉ。この辺りで作ってる人いないから」

「え～……」

「じゃがいもないとダメなの？　さつまいもは？」

「ダメ……」

「何作るの？」

「……く……」

「え？」

「……が」

「え？　肉じゃが？」

「言っちゃダメだってばぁ！」

白河さんの大声が聞こえてきて、俺は思わず立って台所をのぞきこんだ。

「……あ」

俺と目が合った白河さんが、泣き出しそうな顔になる。

「……せっかくサプライズしようと思ったのに〜……」

「さぷらいず？　リュウくんに隠してたの？　ごめんね、るうちゃん」

サヨさんも、それを見て慌てた様子だ。

「でも、目と鼻の先で作るのに『さぷらいず』って、ねぇ？」

同意を求められて、苦笑いするしかない。

「白河さん……俺のために肉じゃが作ろうとしてくれたってこと？　ありがとう」

「……でも、じゃがいもなかった……」

白河さんは、しょんぼりしている。

「買ってこようか？」

俺が申し出ると、白河さんは勢いよく顔を上げる。

「あたしが行く」

そんな俺たちを見て、サヨさんが微笑む。

「じゃあ、二人で行ったら？　すぐそこの『イシダヤ』なら歩いて行けるから」

◇

こうして、俺は白河さんとじゃがいもを買いに出かけることになった。

サヨさんちの前の国道を、坂を上るように八分ほど歩いていくと、小さな小売店「イシダヤ」があるらしい。

八月初めの夕方六時前は、まだまだ明るかった。気温もなかなか下がらず、緩やかな坂を進むごとに服が汗ばんでいくのを感じる。

「……リュート、肉じゃが好き？」

隣を歩く白河さんが、ふと俺をのぞきこむように見上げて訊く。

「えっ？　……うん、好きだよ」

外食のときに自ら選択することはまずないけど、夕飯のおかずに出てきたらちょっと嬉しい、という感じの「好き」だ。

俺の返事に、白河さんは微笑む。

「よかった！　ベタすぎるかなって思ったけど、やっぱ『彼女に作ってもらいたい料理』と言えばじゃん？　リュートに喜んでもらえるかなって、昨日、寝る前にレシピ調べまくったんだ」

ほんのり頬を上気させ、そう語る。

「サプライズはムリだったけど」

苦笑いする彼女に、俺は笑いかける。

「サプライズじゃなくても、嬉しいよ」

安心させるように、そう言った。

「白河さんが……俺のためにしようとしてくれること……全部、嬉しい」

「リュート……」

　白河さんは、俺を見つめて瞳を潤ませる。そして、照れ隠しのように微笑んだ。

「そんなの当たり前じゃん？　リュートのために何かすることなんて。彼女なんだから」

「でも、俺にとっては、当たり前じゃないし……当たり前だとも、思いたくない」

　彼女のいる生活なんて、人生で初めてで。

　しかも、白河さんっていう素敵な女の子が彼女になってくれるなんて。

　これを当たり前だなんて思うようになったら、きっとバチが当たる。

　もしこの先一年、五年、十年経(た)って、ずっと白河さんと付き合っていられて……いつか一緒にいることが当たり前になったとしても。

「白河さんが俺のためにしてくれることは……あの、俺にとって、いつも特別なことで……」

　恥ずかしくて、しどろもどろで、かっこ悪いけど、ちゃんと言わなきゃ。

「この気持ちは……ずっと、ずっと持っていたいんだ」

　白河さんは、それを聞いて嬉しそうに微笑んだ。

「……そっか。あたしも、そういうリュートだから、何かしてあげたくなるのかも」

　そうつぶやいて、視線を下に落とす。

「ね、手繋(つな)いでいい？」

「えっ？」

「暑いからやだ？」

上目遣いに見つめられて、俺は首を横に振る。

「ううん」

白河さん側の手を、慌ててズボンに擦りつけて手汗を拭いた。

「はい……」

差し出した手に、白河さんのすんなりした白い手が重ねられて……その細い指が、俺の指に絡みついてくる。

「……！」

こ、これは、もしや……恋人繋ぎってやつか……⁉

公園デートのときは普通の繋ぎ方だったから、この不意打ちにドキドキして、体温が急上昇する。

「へへ」

白河さんは照れたように笑って、俺の肩にこつんと頭を一度ぶつける。

「やっぱ暑いね～」

「……な、夏だもんね」

「……やめる？」

「い、いやっ！　大丈夫」

そうして、俺たちは店に着くまで、ぴったりと手を繋いで夏の山道を登った。

サヨさんが教えてくれた「イシダヤ」は、コンビニとスーパーの中間（広さはコンビニ程度）のような小さなお店だった。飲み物やお菓子などの非生鮮食品のラインナップが多いが、野菜やお肉のパックの棚もわずかにあるという感じだ。

「あ、じゃがいもあった！」

野菜の棚を見て白河さんが駆け寄り、目当ての数を取ってカゴに入れる。

それから、おじいさんが暇そうに座っているレジへ向かう途中、白河さんは飲み物の棚に目を留めた。

「あー、コーラも買っとこうかな」

サヨさんから「他にもあったら買ってきな」と千円もらっていたためだろう。

「ねぇ、リュート、明日は何が食べたい？」

「え？　別になんでも……」

お世話になっている身の上だし、自分で料理もできないので殊勝なつもりの発言だったのだが、白河さんはプクッと頰を膨らませる。

「もぉ〜！　『なんでもいい』って、奥さんが一番困るやつだよ？　ＳＮＳでバズってたの知らない？」

「えっ⁉」

突然の「奥さん」にドキッとしつつも、白河さんに言われたことを反省して、慌てて頭を働かせる。

「えーっと、じゃあ……ハンバーグとかは？」

「ハンバーグ？　どうやって作るんだろ？」

「う、うーん……調べようか？」

「あたし調べる！　……ひき肉とたまねぎだって〜！」

野菜棚に戻ってたまねぎをカゴに入れて、精肉の棚へ向かう。

「ひき肉……あー、あったよ」

と、白河さんがパックを手に取る。だが、その値札を見て顔をしかめた。

「あ〜高い！　二百グラムでこの値段かぁ……何か減らさないと買えないね」

「牛肉だからかな？　合い挽きが売り切れてるっぽいね」

普段買い物をしないから自信はないが、立地の問題なのか、肉は品揃えが悪く、お高めな気がする。

「じゃあ、ハンバーグじゃなくていいよ」

「いいの？　他に候補ある？」

「えっと……カレーとか？」

「あーいいね！　じゃあ、じゃがいももっと買おー！　お肉は豚でいい？　それなら冷凍のがあるから」

「うん」

「あたし、カレーは得意なんだー！　たまねぎはこのままで、ニンジンはまだいっぱいあるからー……」

白河さんが、急にいきいきと買い物を始める。

そうして、レジで千円をほぼ使い切って、俺たちは「イシダヤ」を後にした。

「それ、あたし持つよ」

元来た国道を下り始めると、白河さんが、俺が持っている荷物に手を伸ばす。

レジ前で、サヨさんに頼まれた箱ティッシュもゲットしたため、俺は買い物袋とティッシュを両手に持っていた。

「軽いし、大丈夫だよ」

男らしいところを見せようと言ってみるが、白河さんは浮かない顔だ。

「んー……」

どうしたのだろうと思っていると、白河さんが上目遣いに俺を見て、ポツリとつぶやく。

「でも、手繋げないじゃん？」

「あ……」

そうか。そういうことだったのか……。

可愛さに悶えながら反省している俺の手から、白河さんがティッシュを奪う。

そして、パッと俺の手を取った。

「ほら、これでよしっ！」

嬉しそうに言った白河さんがさらに可愛くて、だらしない顔でにやけそうになる。

急速に夜の気配が近づいてきた夕方の山道を、俺たちは手を繋いで下った。

お互いの片手には、買い物袋とティッシュの袋。

「……なんか、こういうの夫婦っぽいね」

恥ずかしそうに、白河さんが言った。

「そ……そうだね」

照れてしまって、ただでさえ蒸し暑いのに、手汗が心配だ。

「……あたし、今まで、全然わかってなかったんだな。付き合うってこと」

ふと、白河さんがしみじみつぶやいた。

「誰かと付き合うことって……こんなに素敵なことだったんだね」

そう言ってこちらを見上げる白河さんの瞳は、誇張でなくキラキラと輝いている。

「そうだね」

彼女のその手を、強く握った。

今までこの手を握ってきた男の記憶が、いつか全部俺に塗り替えられたらいいのに。

そんな思いを込めて、強く、優しく。

◇

サヨさんの家に帰ってから、白河さんは再びいそいそと台所に立った。

「よし、肉じゃがチャチャッと作っちゃうね！」

「あ、俺も……手伝うよ」

「え？　いーよ……」

と言いかけてから、白河さんは首を傾げて、ちょっと考える。

「……じゃあ、じゃがいもの皮ピーラーで剝いてくれる？」

「うん、いいよ」

それくらいならできそうだと思って手を洗おうとしていると、白河さんが俺に笑いかける。

「さっきのあたしと、同じってことだよね」

「ん？」

「荷物は二人で持った方が……料理も二人でやった方が、二人の時間が作れるってことでしょ？」

それを聞いて、白河さんが手を繫ぐためにティッシュを持ってくれたことを思い出す。

「あ、うん、そう……だね」

居間で一人でいて気まずかったことに気づいてくれたのかなと思うと、嬉しかった。

白河さんは、いつも俺の気持ちを考えてくれる。俺のために何かしようとしてくれる。

思いやりをたくさんくれる。

そんな彼女だから、俺も大切にしたいと心から思える。

白河さんと違って、俺は誰かと付き合うのが初めてだから、確信は持てないけど。

これが付き合うってことなら、すごく素敵なことだと思う。

女ってめんどくさいとか、一人の方が気楽だとか、つい最近まで俺も少なからず信じていた世間の言説は、もしかすると非リアをますます恋愛から遠ざけておくための罠なんじゃないだろうか？

そう思えるくらい、白河さんと過ごす時間は、楽しくて居心地がいい。

「リュート、じゃがいも剝けた？」

「うん、これでいい？」

「あっ、いい感じ！　ありがと」

じゃがいもを受け渡すのに、一瞬手が触れて、白河さんがニコッと笑う。

こんなときは、ここがサヨさんの家だということも、すぐ傍で真生さんが配膳をしているのも忘れて、二人きりの生活を夢見てしまう。

「も、もう一個じゃがいも剝く？」

「あ、うん、ありがと！」

そう答えた白河さんが、俺から受け取ったじゃがいもをぎこちない手つきでまな板に押しつけ、包丁で切る。そんな姿も可愛い。

「……あの、さ。これからは、俺もこうやって、料理手伝っても……いい？」

おそるおそる言ってみると。

「えっ？」

白河さんは顔を上げ、俺をじっと見つめてから。

「あっ、うん……いいよ」

ひまわりの花のような笑顔を見せた。

「ありがと、リュート」

こんな白河さんを、あと二週間も毎日見ることができるなんて。

そのときめきで、胸がいっぱいだった。

その日の夕飯は、サヨさん作のきゅうりとトマトのサラダ、味噌汁、真生さん作のアジのなめろう、それに俺も手伝った、白河さん作の肉じゃがだった。俺たちが買い物に行っている間に、サヨさんと真生さんが副菜を作ってくださったらしい。

白河さんの肉じゃがは、普通に美味しかった。今朝のカブとは逆に、じゃがいもが柔らかすぎて崩れがちだったけれども、その分しっかり味がしみていた。

「美味しいね……肉じゃが」

白河さんにそれを伝えると、彼女は嬉しそうに笑った。

「やったぁ！　やっぱ人気一位のレシピにしてよかった～！」

屈託のない笑顔が可愛くて、思わず白河さんの新妻姿を想像しては、悶えてしまう俺だった。

◇

そんなふうにして、白河さんとの濃密な夏休みがスタートした。

朝起きて、真生さんの車で海の家に行って働いて、帰ってきて夕飯を作って食べ、白河さんはサヨさんの部屋で、俺は二階の個室で就寝する。

そんな生活を、何日か続けたある日。

今日、白河さんと俺は、朝から家にいた。真生さんが「来週はお盆シーズンで忙しくなるから、今週の平日一日くらい休んでおいたら」と言ってくれたからだ。

サヨさんの家には、一階に縁側がある。東向きなのか昼には日陰になるのがちょうどいいので、扇風機を置いて、白河さんと話したりスマホゲームをしたりしていた。

「リュートー、おやつ食べよ～！」

昼食のそうめんを食べてしばらくした後、白河さんがスプーン片手にやってきた。ご機嫌に言って、もう片方の手に持ったプラスチックのカップを一つ渡してくれる。

「あ、冷た！」

それは、キンキンに冷えたゼリーだった。

「リュートのお母さんが送ってくれたやつ！　ちょっと冷凍庫に移しといたんだ～！　サヨばあが、よかったら食べなって」

「ああ……」

先日、うちの親から大きな段ボール箱が届いた。中身は、俺が頼んだ着替え類と、サヨさん宛ての高級フルーツゼリーの詰め合わせと、息子がお世話になる旨(むね)のお礼を書いた手紙だった。

「ん～おいしー！　さすが千●屋～！」

縁側に並んでゼリーを食べ始めると、白河さんが幸せそうな顔で頬を押さえる。

「桃サイコー！　リュートのラ・フランスは？」

「うん、ジューシーで美味(うま)い」

「いーなー！　一口ちょうだい？」

白河さんが言って、口をあーんと開ける。

「えっ⁉」

これってもしや……食べさせてあげるイベントか⁉

白河さんがあまりにナチュラルに口を開けるので、心の準備をする暇がない。

緊張で途端に震え出す手で、なんとかゼリーをすくって……と思ったら、肝心の果肉が入っていなかったので、やり直し……もたつきながら、ようやく準備ができて。

「はい……」

「あーん」

身体の前に両手をついた白河さんが、こちらへ身を乗り出す。すると両腕の間に胸が収まって……胸が前方へ押し出され、谷間を強調するような格好になる。

「……！」

たまらんアングルだ……！

いい……！

白河さんは気づいていないのかもしれないけど、心臓に悪いのでやめて欲しい。……いや、嬉しいけど、この距離で興奮したらバレるので、あまりジロジロ見られないのが辛い。

今日の白河さんは、肩にフリルのついたタンクトップにショートパンツという、外出着と比べるとラフな格好だ。その隙のある感じがまた、とても扇情的でいい。

そんな雑念まみれの俺が持つスプーンを、白河さんは無邪気にくわえる。

「……うんっ、こっちもおいしー！」

テレビのグルメレポーターみたいなテンションで、両頬を押さえている。

「リュートにも食べさせてあげよっか？」

いたずらっぽく訊かれて、俺はドキッとする。

「……い、いいの？」

「もちろん！　あたしだけもらったら悪いじゃん？」

律儀に言って、白河さんは自分のゼリーをひとさじすくう。

「はい、あーん」

白河さんに言われて、歯医者と耳鼻科くらいでしか他人に向けて開けたことがない口を、おそるおそる開く。

「あっ！」

「えっ？」

白河さんが俺の口内を見て手を止めるので、ネギでもついていたか？　と慌てて口を閉じた。

だが、白河さんは意外なことを口にした。

「……リュート、歯かわいーね」

「は、歯!?」

初めて言われた。下顎が狭くてジグザグ気味な歯並びが、小さなコンプレックスだったくらいなのに。

「うん、なんか隣同士がご挨拶しながら並んでるみたいで、可愛い」

「………」

なるほど……。そういう見方もできるのか。

白河さんの想像力に感服していると、白河さんが「あっ」と口をつぐむ。

「いやだった？　ごめんね」

「いや、全然」

「悪い意味じゃなくてね……」

言い訳のように言った白河さんが、そこでほんのり頬を染める。

「リュートの好きなとこ、またひとつ見つけちゃったって、嬉しくなっちゃって」

白河さん……。

そんなことを言われたら、こちらもうれし恥ずかしい。

白河さんは、俺のコンプレックスも、愛すべきものに変えてくれる。

「……ごめんね。はい、ゼリーあげる」

気を取り直して言った彼女に、改めて「あーん」とゼリーを入れてもらった。

果物が変わっただけなのに、その一口は格別に甘く感じた。

白河さんに食べさせてあげたスプーンで食べるゼリーの続きは、なんだかくすぐったくて、ドキドキする。

障子戸を閉めた居間からは、ワイドショーの音がはっきりと漏れてくる。サヨさんは少し耳が遠いらしいので、テレビの音量が大きめなのだ。

「あーおいしかった！」

先にゼリーを完食した白河さんが、空のカップを掲げて言った。

「『LUNA MARINE』でも出せばいいのになぁ」

「海の家で千●屋のゼリーを？　出していいの？」

「わかんない。マオくんに訊（き）いてみよーかな」

と、白河さんは笑う。

「それか、うちのおかーさんにも、手土産ゼリーにしてって言おうかなぁ」

白河さんのお母さんも、白河さんの滞在中のどこかで来る予定らしい。お母さんにお会いするのは、ひいおばあさんや叔父さんとはまた違って、考えただけで今から緊張する。

「白河さんのお母さん、いつ来るか決まった？」

「ううん、まだ連絡来てない。海愛は、今年も来ないって言ってるらしいけど」

「そうか……」

それを聞いて、少しほっとしている自分がいた。

「……『LUNAMARINE』ってね、あたしたちの名前がユライなんだ」

ふと、白河さんがぽつりと言った。

「最初マオくんは『LUNAMARIA』にしようと思ってたんだけど、海愛から『海なんて好きじゃないし、絶対やめて』って言われて、今のに変えたんだって」

なるほど……原案はそのまんま姉妹の名前だったのか。

「でも、『海愛』って『マリン』から来てるんでしょ？　今の名前でもよさそうだけど」

「ま一ね。マオくん、あたしと海愛のこと可愛がってくれてたから、うちらの名前にしたかったみたい。あたしたちが一緒に住んでた頃は、海愛もマオくんのこと大好きだったはずなんだけど……離れて住むようになってからは、なんかよそよそしいっぽいんだよね。『最近海愛が冷たい～』って、マオくん、よく嘆いてる」

「そうなんだ」

真生さんも白河さんと同じで人たらしタイプの人だと思うから、黒瀬さんがツンデレ気味になるのは、なんとなくわかる気がするけど。

「海愛は、おかーさんと一緒に住んでるから、あたしより全然マオくんに会えるんだよ。羨ましーなって、ちょっと思う」

少し寂しそうに、白河さんは微笑んだ。

「でも、代わりにあたしはおとーさんといられるし、しょうがないよね。人は何かを選ばなきゃならないし、すべてを手に入れることはできないんだから」

「……そう、だね」

驚いた。いつも明るくて、すべてのものを手にしているように見える白河さんが、そんなふうに達観しているとは思っていなかった。

「海愛は昔から、自分に与えられてるものより、与えられなかったものを好きになるみたい」

俺の驚きには気づかない様子で、白河さんは静かに語る。

「だから、海愛がリュートのこと好きになったの、なんとなくわかるんだ」

「え……？」

「人から向けられる好意を、疑うっていうのかな？　好き好きって言われると引いちゃって、遠く離れたものの方を向くの。……辛くないのかなって、時々考えるんだけど」

白河さんの話を聞いていると、黒瀬さんの人となりが、今までよりも鮮明に捉えられるような気がする。

本当に、白河さんとは正反対なんだな。

「あたしと海愛、昔から全然違ってた。だけど……好きだったんだ、海愛のこと」

そうつぶやいた白河さんは、離れた場所にいる妹のことを思ってか、愛(いと)おしそうな微笑を浮かべる。

「海愛ってさ、可愛いよね」

少し待ったが、白河さんが何も続けないので、俺は仕方なく頷(うなず)いた。

「……そうだね」

すると、白河さんが大きく目を見開く。

「あーっ、やっぱりまだ海愛のこと好きなんだ⁉」

「ええっ⁉」

そんな！

そんな罠(わな)ある⁉

「……なーんてね」

と白河さんがいたずらっ子の小学生男子みたいな顔で笑うので、ほっとした。

「む、昔のことだから。白河さんと出会う前の……」

言い訳のように言うと、白河さんも頷いてくれる。

「そう、昔のことなんだよね……」

自分に言い聞かせるように、そうつぶやいた。

「今のリュートの気持ちが、海愛じゃなくてあたしに向いてるっていうのは、頭ではわかってるんだけど」

そこで、目を上げて俺を見る。

「前に言ったじゃん？　リュート、あたしの元カレの話でビミョーな顔になるよねって話」

「ああ、うん」

江ノ島に行くときの電車内での会話だと思い出した。

「その理由、わかった気がするんだ」

そう言って、白河さんは微笑む。

「あたしも、たぶんおんなじ。今のリュートのことが好きだから、昔のリュートのことも、過去に戻って独り占めしたくなっちゃうのかなぁ……」

空を仰いで、独り言のように言った彼女は、ふと俺の方へ首を巡らす。

「リュートは、どうやって気持ちを抑えてるの？」

「え？」

「あたしに元カレが何人もいることとか……あたしがもし逆の立場だったら、きっと嫉妬しちゃったと思う。あたしより可愛い子と付き合ってたのかなとか」

「……気持ちを抑えてるっていうか」

それに関しては、白河さんと付き合い始めたときから考えていたことなので、俺なりの答えは出ている。

「もやもやしてしまうのは、俺の自信のなさが原因だと思うんだ。でも、それはきっと、時間が解決してくれると思う。白河さんと一緒に過ごした時間が長くなって、二人の絆が深まって……そうしたらいつかきっと、元カレのことなんか気にしようと思っても気にならなくなると思うから……。今は、それを待ってる」

白河さんは、しばらく沈黙してから。

「……そっか」

とつぶやいた。

何か言うべきかなと言葉を探していると、白河さんが再び口を開く。

「そうだね。時間が経てば、いつかきっと、お互いへーキになるよね」

明るく言って、笑いかけてくれた。

そして、ふと真顔になって俺をじっと見つめる。

「ねぇ、リュート」

「ん？」

「あたしからこんなこと言うの、いろいろ変かなと思うんだけど……」

一呼吸置いて、白河さんは言葉を続けた。

「もしできたら……あたしと一緒に、海愛の友達になってくれないかな？」

「ど、どういうこと？」

意味がわからず見つめる俺を、白河さんは真剣なまなざしで見つめ返す。

「あたし、海愛と友達になろうと思うんだ」

「えっ⁉」

「正攻法（せーこーほー）で行っても、拒絶されるから。あたしたち、クラスメイトでしょ？　学校のみんなは、あたしたちの関係を知らない。だから、あたしが『友達になろ』ってグイグイ行っても、海愛もムゲ？　にはできないと思うの」

「みんなに姉妹なのを隠したまま、ただのクラスメイトとして仲良くなろうってこと……？」

「うん。それをサポートして欲しいの」

白河さんは深く頷く。

「もちろん、今すぐは難しいと思うんだ。海愛もリュートへの気持ちを整理する時間がいると思うし」

「…………」

俺は唖然とするしかない。なんて強引な作戦なんだ……。

しかし、白河さんは本気らしい。蒸し暑い真夏の午後、額に汗を滲ませながら、遠い空に想いを馳せるように目を細めた。

「秋になって、冬が始まる頃には……海愛の傍に、またいられるようになりたい。また海愛とこたつでテレビ見ながら、パピ●を半分こして食べたいよ」

「えっ、冬に？」

白河さんが、夏のイメージしかないシャリシャリ系アイスのことを言うので、思わず驚いて聞き返す。

すると、白河さんは意外そうに俺を見る。

「えーやったことない⁉ お風呂上がりにこたつで食べる冬パ●コってサイコーだよ！」

「うーん、俺はどっちかというと雪見派かなぁ」

「あーね。あれも美味しいけど」

「冬はクリーミー系アイスじゃない？」

「あーそう言われたらそんな気もしてきた〜！　でもあたし、ただ●ピコが好きなんだもーん！」

「それかぁ」

最後には笑い話になってしまったので、白河さんがこの計画をどこまで本気で実行しようとしているのかはまだわからない。

でも、白河さんの黒瀬さんへの気持ちはよくわかった。

黒瀬さんの親衛隊の男たちなんかとは比べ物にならない、ずっと深くて強い、彼女に対する純粋な想い。

黒瀬さんは、早くこの大きな愛に気づいて欲しいなと願わずにはいられない。

◇

また別の日。

お盆が近づいて、平日でも海の家が繁盛してきたある日の、夕飯後のこと。

「リュートー！　花火やろー！」

風呂から上がった俺に、白河さんがビニールの包みを見せてきた。手持ち花火のバラエティセットだった。

「マオくんがくれた！　二人でやってきなって」

「仕入れ先でゲットしたんだ〜！　古い在庫らしいから、湿気てるかもしれないけどねー」

真生さんもやってきて、縁側の先の庭にバケツやライターを用意してくれる。

「あとこれ、月愛」

真生さんが白河さんに渡したのは、スマホだった。画面のガラスには傷ひとつなく、新品のように綺麗になっている。

「今さっき取ってきた。けっこう難しい修理だったみたいで、東京の店に送ってやってもらったから遅くなったってさ」

「え、でもガラス交換だけで済んだの？」

「そうじゃね？　安かったし。正規店じゃないから、あとで壊れても保証はできないって言われたけどねー」

「やったー！」

白河さんは喜んで、一度部屋に引っ込んでから、再び庭に戻ってきた。

「じゃーん！　復活！」

見せてくれたのは、お揃（そろ）いの「おさウサ」ケースに入ったスマホだ。どうやらケースは無傷だったらしい。

「これで花火の写真撮れるねー！　やったー！」

「綺麗に撮れるかな？　光って難しいよね」

そんなことを言いながら準備を進め、俺と白河さんは、庭先で花火を始めた。

障子戸に嵌（はま）ったガラス越しに、居間にいるサヨさんと真生さんが、俺たちが作る光の模様を眺めている。

「あれ～？　なかなか点（つ）かないなー……」

やはり湿気ているのか、花火は火の点きが悪いものもいくつかあった。

「どれ……」

俺が、白河さんが持っている花火に近づいた途端。

ブワシュッ！

細い筒から火花が噴き出した。

「うおっ！」

「びっくりしたー！」

すぐに何事もなかったかのように軌道に乗り始める花火を見つめてから、俺たちは顔を見合わせる。

「……てかリュート、今めっちゃ驚いてた」

俺の様子がよっぽどおかしかったのか、白河さんが声を立てて笑う。

「だってビビるだろ、今のは」

「あはは、ウケるー！」

笑いながら、俺の方に花火の火を近づけるそぶりをする。

「ほれほれ～！」

「あ、危ないって！」

「これくらいなら近づいてもだいじょぶだよー？」

「そうやって火遊びしてると、おねしょするよ？」

俺の言葉で、白河さんは真剣な顔になる。

「えっ、マジ？」

「俺のおばあちゃんが言ってた。たぶん迷信だろうけど」

「なぁんだぁ」

白河さんはほっとした様子で笑う。一瞬信じたのだろうかと思うと可愛い。

「よかった〜、この歳でおねしょはきつすぎー！」

「そんなこと言ってるとフラグになるかもよ？」

「ヤバ！　じゃあやめよ！」

そんなくだらないことを言いながら、俺たちは花火を楽しんだ。

普通の手持ち花火が終わって、最後に残った線香花火をやっていたときだった。

「……線香花火の火って、面白い形してるよね」

膝を抱えるようにしゃがんでいる白河さんが、手元で弾ける線香花火を見てぽつりとつぶやいた。

「雪の結晶みたいじゃない？　熱いのに」

「あー確かに。俺は蜘蛛の巣みたいだなって思ってた。普通の花火は、ほうきみたいだけど」

「あ〜。あたしはね、普通の方はススキみたいだなって思ってたよ」

そう言った白河さんが、少しして、くすりと笑った。

「……ススキって言えばさ」

白河さんの火種がぽとりと落ちて、新しい線香花火に手を伸ばす。

「リュートの告白、今でも覚えてるよ。『ススキです』って言われて、あたし、『鈴木（すずき）』の聞き間違いかと思ったの。でも、名前違くない？　って」

「あぁー……」

黒歴史だ。

渋い顔をしていると、白河さんはそんな俺を見て笑う。

「面白い人だなって思った。こんなキンチョーしてるのに、告ってくるんだって」

「それは……」

言ってしまおうかなと思った。

黒瀬さんのことみたいに、あとで言い出しづらくなる前に。

白河さんに、隠し事はもうしていたくないと思った。

「罰ゲームだったんだ」

俺の告白に、白河さんは花火をろうそくの火に近づける手を止めた。

「罰ゲーム？　なんの？」

「中間テスト、友達と『全然できなかったー』って言い合ってて。なのに俺の点数が良かったから、罰ゲーム」

わかりやすく簡単にまとめてしまったが、だいたい合っているだろう。

「えっ、待って待って」

途端に、白河さんが焦り出す。

「じゃあ、リュートはあたしのこと全然好きじゃなかったってこと？」

「いや、そうじゃなくて」

俺も焦って付け足す。

「『好きな人に告白する』っていう、罰ゲームだったんだ」

それを聞いて、白河さんは安堵の表情になる。

「そっかぁ……てか、リュートって、いつからあたしのこと好きだったの？」

「え？　えーっと……」

シャーペンを貸したのが片想いのきっかけだけど、そのずっと前から、一方的に見ていて、憧れていた。

「……一年の頃から」

「えっ、クラス違ったのに？」

「うん」

「なんで」

「……可愛いから」

「えーっ、可愛い子なんて、他にもいっぱいいるじゃん」

とは言いつつも、白河さんは嬉しそうだ。

「じゃあ、もっと早くに告ってくれたらよかったのに」

「いやぁ……」

白河さんと付き合う前までのことを考えて、俺は苦笑する。

「告るつもりなんて、なかったんだ。罰ゲームがなかったら、たぶん、今も……言ってなかったと思う」

というか、ほぼ間違いなく卒業まで言ってないと断言していい。

「えーっ？　なんで？」

「自信がなかったから……。告ったところで、オッケーしてもらえると思ってなかったし」

「でもあたし、オッケーしたじゃん」

「だから驚いたんだよ」

あの日起きたことは、俺の十六年の人生の中で、人類史におけるキリストの生誕と同じくらいのインパクトがある。

白河さんは信じられないというようにつぶやいて、線香花火を持っていない方の手でさらに膝を抱える。

「えー……」

「……でも、そしたらリュートって、すごく友達想いなんだね」

微笑みかけられて、俺は「えっ？」と戸惑う。

「友達との約束だから、フラれると思ってたのに告ったんでしょ？」

「うん……」

「それってすごいよ。めっちゃ友達想いだと思う。……それに、真面目。リュートの性格、全部出てるね」

そんなことで褒められると思っていなかったので、照れ臭くて顔を掻く。

「いやぁ……」

「そういうことなんだよね、きっと」

何やら納得したように、白河さんは大きく頷く。

「リュートの中に、もともと大きな愛とか思いやりがあって。友達とか、家族とか……親しい人には、きっと与えてたんだと思う。たまたま、それを受け取る女の子がいなかっただけで」

話しながら、改めて新しい線香花火に火を点す。

「あたしがいくら本当の愛を求めてても、リュートみたいな人は、あたしに告ってくれてなかった。……なんかあたし、何から何まで間違ってたみたい。恋愛のやり方」

蜘蛛の巣にも雪の結晶にも見える火花が、白河さんの手元を明るくしている。その火を見つめながら話していた彼女は、そこで顔を上げて俺を見つめた。

「……リュート、あたしを選んでくれて、ありがとう」

火花に照らし出された白河さんの瞳は、煌めくように潤んで揺れていた。

「白河さん……」

抱きしめたい、と思った。

抱きしめて、そして……キスしたい。

そう思って、彼女の肩に手を伸ばしかけて。念のため、背後を振り返ると。

「……！」

見てしまった。

障子戸のガラスの向こうで、ものすごい勢いで目を逸らすサヨさんと真生さんの姿を。

「…………」

まあ、気になるよな。可愛い曽孫娘（ひまごむすめ）＆姪（めい）が、性欲旺盛な高二男子と二人きりでいたら。

「……あ、落ちちゃった」

白河さんが、残念そうな声を上げる。見ると、手元の線香花火はもう消えていた。

「あ、今ので最後だったっぽい。……もう中入る？」

空はすでに暗くなって久しいが、猛暑日の夜は快適とは言い難（がた）い蒸し暑さだ。

「そうだね……」

あえて外に居続ける理由も、外出の口実もない。

キス、したかった……。

っていうか、ボートの上で一度した日から、全然していない。手は、だいぶ日常的に繋（つな）げるようになってきたけど。

これでいいのか？　いくら白河さんを大事にしたいとはいえ、慎重になりすぎなのではないか？

そんな自問に頭を悩ませながらも、バケツの中の花火を片づけて家に入るしかなかった。

◇

その夜のことだった。

悶々としていたせいか、はたまた火遊びのせいで寝小便への恐怖があったのか、珍しく、夜中トイレに起きてしまった。

サヨさんの家は典型的な日本家屋なので、暗がりを歩くのは、なんとなくホラゲ感があって怖い。

しかもトイレは一階にしかないので、二階に寝ている俺は、階段を下りていかなければならない。

そうして内心怯えながら一階でトイレを済ませ、二階へ戻ろうとしたとき。

「……あれ？」

縁側に繋がる居間の障子戸が、一箇所開いているのに気がついた。最後に寝た人が閉め忘れたのだろうか？

平和な田舎町とはいえ、昨今は物騒だし……と、一応閉めておこうと近づいていき……。

「……！」

そこで、縁側の人影が目に入った。

驚いて声を上げそうになったが、よく見れば、それは白河さんだ。

いつものラフな家着姿で、白河さんは縁側に座っていた。

ドキドキする。

部屋を出る前に見た時刻は、午前一時過ぎ。朝が早いから、サヨさんも真生さんも、もう寝ているだろう。

もしかしたら、いい雰囲気になってキスできるかもしれない……などと邪なことを思って近づいた。

……のだけれども。

「……白河さん？」

下心は、その横顔を見たら、どこかへ飛んでいってしまった。

白河さんは、明らかに気落ちした様子だった。

「……リュート」

俺に気づいてこちらを向いた彼女は、やはり普段の元気がない。

「白河さん、こんなところでどうしたの？」

「ん……」

白河さんは俯く。視線の先には、膝の上に置いたスマホがあった。

「おかーさん、今回はやっぱり来れないって」

「えっ……」

「今年は引っ越しで有給何日も使っちゃったし……。派遣だし、社員さんも休みたい夏に休み取るのは、気が引けるんだって」

聞きながら、俺は白河さんの隣に腰を下ろした。

白河さんのお母さんは、東京のデパートで働いているらしい。シフト制なので滅多に連休がなく、ここに日帰りで来て次の日も仕事だときついので、休みの調整がついたら連絡すると言われたと白河さんから聞いていた。

「……東京に帰ってから会うのは？」

白河さんが気の毒なので言ってみると、白河さんは首を傾げる。

「どうかな。あっち帰ってからだと、あたしと会うにはおとーさんに連絡しないといけないじゃん？ 次の人と別れたばっかだし、気まずいから今は連絡取りたくないっぽいんだよね」

「そっか……」

そういう事情もあるのか。

「難しいね」

「ね。ほんとめんどくさいよね」

ため息をついて、白河さんはしばらく口をつぐんだ。

「……うちのおかーさん、中一でおとーさんと初めて付き合ってから、別れるまでずっとおとーさん一筋だったんだ」

少しして、彼女はそんなふうに話し始めた。

「おねーちゃんを産んで、あたしと海愛が生まれて……その頃おとーさんは一度、おかーさんに浮気がバレて。でも、おかーさんは許したの。おとーさんのことが好きだし、おとーさんとしか付き合ったことがなかったから、今さら離婚しても、他の男の人と恋愛ができる自信がなかったんだって。一人で生きていくのは不安だから」

俺は頷きながら、黙って聞いていた。今まで他人の家のこみ入った事情を聞く経験はほとんどなかったので、なんと言っていいかわからなかった。

「そのせいだったのかなぁ……あたしたちにも、呪文みたいに繰り返し言ってたの。『男は浮気するものだ』って」

白河さんは天を仰ぎ、昔を思い出すように遠い目をする。

「でも、二度目の不倫が発覚したときはムリだったみたい。一度目のときに、あんなに『二度としない』って誓ったのにって思ったら、おとーさんの言うこと何も信じられなくなっちゃって……そうなったらもう一緒にいられないって」

だからといって、お母さんを責める人はいないだろう。その決断が白河さん一家を引き裂いてしまったと思うと、胸が痛いけど。

「おとーさん、不倫はほんとに本気じゃなかったんだと思う。おとーさん、おかーさんのこと、今でも好きみたいだから」

そう言って、白河さんは俺を見て笑った。辛そうな笑顔だった。

「あたしを引き取りたいって言ったのは……あたしがおかーさん似だからだと思うんだ。最近よく言われるの。『月愛はますますお母さんに似てきたな』って。そのときのおとーさん、ほんと嬉しそうで……。ばかだよね」

そんな白河さんを見ているのが辛くて、少しでも過去から話題をずらせないかと考える。

「お父さん、今は付き合ってる人いないの？」

俺の質問に、白河さんはちょっと考えて首を振る。

「んー……最近はいないと思うよ。前までは、休みの日いなかったりすることもあったけど、別れちゃったのかも」

「そうなんだ……」

「あたしがいるからねー。高校生の娘とか、彼女的には一番嬉しくなくない？」

いつもの明るい口調が、今は真夜中の縁側に悲しく響く。

「あたしが家にいるうちは、おとーさんの恋愛はうまくいかないかもね。申し訳ないと思うけど……まあ、ジゴージトクってやつかな」

眉根を寄せたまま、白河さんは口の端を上げて笑う。

こんなささいな一言でも、白河さんが人に毒を吐くのを初めて聞いた。

それくらい、離婚の原因を作った父親には複雑な感情があるのだと思うと、その気持ちを思いやって胸が締めつけられた。

「……で、リュートはどうしたの？　まさかおねしょしちゃった？」

俺が辛気臭い顔をしていたせいだろうか。白河さんがふざけた口調でからかってくる。

「ま、間に合ったよ、ちゃんと」

俺が今ここで何を言ったとしても、外野からの無責任な発言でしかない。そう思うと、もう前の話題に戻ることはできなくて。白河さんに調子を合わせてふざけるしかなかった。

「そっか。じゃあ、あたしもトイレ行って部屋戻ろうかな」

と笑って、白河さんは立ち上がって手を振る。

俺も一緒に立ち……そして。

思いきって、白河さんの手を取った。

「……リュート？」

白河さんが、驚いたように俺を見つめる。

花火のときにできなかったキスのことを思い出して、胸の奥に火が灯る。

今なら、誰も見ていない。

見ていないけど……。

——おかーさん、今回はやっぱり来れないって。

さっきの寂しげな白河さんを思い出すと、せつなくて。

せつなくてたまらなくて、思わず抱きしめたくなるけど。

白河さんにとっては……今じゃ、ないのではなかろうか……？

「……おやすみ、白河さん。また明日ね」

結局それだけ言って、名残惜しいけど手を離す。

白河さんは、そんな俺を見つめ返して、少し微笑んだ。そして、踵を返してこちらに背を向ける。

「……うん。おやすみ、リュート」

廊下に向かう後ろ姿から返ってきた声は、少し潤んでいる気がした。

◇

この夏は、ずっと悶々としている気がする。

このまま、二度目のキスもできないまま夏が終わるのか？

けれども、昼間は海の家、夜はサヨさんと真生さんがいる家で過ごしている状況で、大胆な行動に出られるわけもなく……。

とうとう、夏祭りの日がやってきてしまった。


夏祭りの日の朝も、いつもと同じように海の家に出動した。明日は朝食後に駅へ送ってもらって帰る予定なので、今日が海の家で働く最終日だ。

昼のピークが落ち着いた頃、白河さんは真生さんに送ってもらって、一旦サヨさんの家に帰った。夕方からの夏祭りに向けて、浴衣(ゆかた)を着たりヘアセットをしたりしたいらしい。

一人で店番をしていた俺のところに帰ってきた真生さんが、俺に「お疲れさまー」と封筒を渡してくる。

「二週間以上サンキューね。龍斗くんも、もう上がってくれていーから」

「え……」

まだ三時台だけどと思っていると、真生さんが俺を軽く小突く。

「今日、二ヶ月の記念日なんだって？　何か見てきてあげたら？　月愛、サプライズが好きだから、テンションぶち上がると思うよ～？」

「あ……！」

そういえばそうだった。夏祭りデートとか白河さんの浴衣姿とかで頭がいっぱいになっていたけど、江ノ島に行った日から、今日でちょうど一ヶ月だ。

「それ、軍資金にして～！」

真生さんが指差したのは、俺の手にある封筒だ。

「……？」

彼女の叔父さんからおこづかいをいただくような義理は……と思いながら、中身がお金かどうかもわからないので開けてみると、封筒の内側にいる諭吉数人といきなり目が合って仰天してしまった。

「これは……⁉」

「バイト代ね～！　一日五時間働いてもらってたことになってるから」

「そんなに……ですか⁉」

確かに朝から夕方までいたけれども、暇なときは海で遊んでいたし、店にいても白河さんとただ駄弁（だべ）っているだけの時間も多かったのに。

「まー、それくらいは働いてもらったっしょ」

「いや、でも……俺、二週間もサヨさんちにいさせていただいて」

お世話になった分の費用を考えたら当然タダ働きだと思っていたし、働くといっても文化祭の喫茶店のようなノリで、それでも少しくらいお返しできていたらいいなと思っていたくらいで……。

そんなことをしどろもどろに伝えると、真生さんは優しく微笑んだ。

「龍斗くんに働いてもらって人手がある分、俺も営業時間内に仕入れや仕込みを終えられて、その分ばあちゃんを手伝ったりできたわけ。だから、君はみんなのためになることをしてくれたんだよ。これは、その対価だから」

「…………」

いつものチャラさはなりを潜め、誠実さが感じられる口調だった。

白河さんが、真生さんを慕っている理由がわかった気がする。男の俺でも惚れざるを得ない。

真生さんが、白河さんの叔父さんでよかった……。こんな人がライバルだったら、とてもじゃないけど勝てっこない。

「……あ、ありがとうございます！」

そう言うしかなくなって頭を下げる俺に、真生さんは笑顔でヒラヒラと手を振る。

「サプライズ、ぶちかましちゃいなー！　月愛をよろしく」

◇

着替えて海の家を後にした俺は、夏祭りの会場へ向かった。

夏祭りは、山側の少し小高い場所にある神社で行われることになっていた。花火が打ち上げられるのは浜辺の方だからか、海沿いからもう屋台が並んでいる。

「サプライズって言ったって……」

こんなところで、高校生の彼女に喜んでもらえるようなものが手に入るだろうか？

屋台の中には、プロの露天商のお店だけでなく、地元で商売している人がフリーマーケット感覚で出店しているようなものもあった。

暑い盛りの昼間なので、人出もまだ少ない。そんな中で一人、屋台通りを冷やかしていた俺は、道の角にある一軒の露店に目を留めた。

◇

照りつける暑さはだいぶ落ち着いた五時頃、白河さんから「準備完了！」の連絡を受け、歩いてサヨさんの家に彼女を迎えに行った。

「リュート、どう？」

玄関先に現れた白河さんを見て、俺は言葉を失った。

可愛い……めちゃめちゃ可愛い。

白河さんは、紫とピンクを基調にした、花柄の浴衣を着ていた。それに同系色で濃い色の帯を締めて、小さなカゴバッグを持って微笑んでいる。アップにしたヘアスタイルはギャルっぽい華やかさだけれども、サヨさんに着付けをしてもらったためか、想定パターンのひとつにあった花魁系の路線とはまったく違う、正統派の装いになっている。

「……か、可愛い、ね」

例によって照れまくる俺に、白河さんは「あーっ」と口を尖らせる。

「水着のが反応よかったー！　リュートのエッチ！　浴衣はダメ？」

「そ、そんなことないよ！　か、可愛いって」

「ん〜ほんとかな〜あ？」

「ほんとだよ！」

そんなおふざけは、奥からサヨさんが出てきておしまいになり、俺たちはサヨさんに挨拶をして家を出た。

神社とサヨさんの家は、同じ山側でも方向が違うので、一度浜辺の方へ下りてから出店をたどって神社へ上ることにした。花火を見るために、また海側に下りないといけないけれども、祭りを網羅しようと思ったらそうするしかない。

下駄履きの白河さんを気遣って、いつもよりゆっくりめに歩いて道を下る。

「足、大丈夫？」

「うん、ヘーキだよ。……リュート、さっきからそればっかり」

何度も訊きすぎたらしく、白河さんが笑い出す。

「ごめん……浴衣の女の子と歩くの初めてで」

前のデートで靴擦れしていたし、下駄がどれほど歩きにくいかわからなくて、つい気を遣いすぎてしまった。

「ふふっ、ありがとう」

白河さんは、嬉しそうに笑った。

お祭りなんて、何年ぶりだろうか。小学校の高学年くらいまでは、友達に誘われて地元の祭りに繰り出していたような気がするけれども。

下に下りてくると、露店の道筋は先ほどよりも人通りが多くなっていた。普段はビーチ以外閑散とした田舎町なのに、みんなどこからやってきたのだろう？

「チーズハットグって何？　お店めっちゃいっぱいあるけど」

露店を左右に見て歩き始めて、俺は下見のときから抱いていた疑問を口にした。

「えー、知らないの？　韓国のおやつだよ。中からチーズがビョーンって伸びて、めっちゃ映えるやつ！」

「チーズドッグ的な？」

「あーそうそう。揚げてるけど」

「揚げチーズドッグが、映えるの？」

「うん！　チーズドッグが、レインボーカラーになってるのもあったりして」

「へえ～初めて知った」

「けっこー前から、屋台の定番だよー！」

「そうなんだ」

俺が来ていない間に、祭りの露店の流行も変化していたらしい。白河さんの好きなタピオカも出店があった。

「タピオカまであるんだ」

「あー、いいな！　喉渇いてきちゃった」

「買ってあげようか？」

「自分で買うよー。でも、りんご飴も食べたいし、どっちにしようか究極の選択……」

「両方買ってあげるよ」

「えっ、どしたの、リュート。宝くじ当たった？」

白河さんが驚いて、いつもの俺がケチみたいだなと苦笑する。

「真生さんから、海の家のバイト代もらったんだ」

「マ？　うそー！　いいな！」

「白河さん、もらってないの？」

「うん……でもスマホの修理代立て替えてもらってるからなぁ。帰ったらワンチャン訊いてみよ」

「たぶんくれるつもりだと思うよ」

そんな話をしながら、懐に余裕のある俺がタピオカとりんご飴を買ってあげた。

「わーうれしー！　この世のすべてを手に入れた気分！　ありがと、リュート！」

大げさに喜んで、白河さんはりんご飴をかじる。

「……おかーさんがおとーさんに最初に買ってもらったものって、りんご飴だったんだって。地元の、夏祭りで」

　ふと思い出したように、白河さんが言う。

「うちらはなんだろ？　タピオカかな？」

「ああ、そうだね」

　白河さんの誕生日デートのときを思い出した。

「おとーさんとおかーさんは、あたしの憧れだったんだ。結局は別れちゃったけど……何もなかったときはすごく仲良しで、すごくお似合いだったから」

　りんご飴をかじりながら、白河さんが訥々と語る。

「前も言ったけど、おかーさんみたいに、初めて付き合った人と結婚するの、憧れてたの」

　そして、今までよりも深く頭を下げてりんご飴をかじった。

　その歩幅が徐々に狭くなり……ついに止まる。

「白河さん？」

　どうしたのだろうと彼女の顔をのぞきこんだ俺は、ぎょっとした。

　白河さんは、両目に涙を溜めていた。

「だ、大丈夫？」

ご両親のことで辛いことでも思い出してしまったのだろうかと焦っていると、白河さんはつぶやいた。

「……なんであたし、初めてじゃないんだろ」

ぽつりと、悲しそうに。

「リュートがいろんなものに慣れてないの見てたら、なんか悲しくなっちゃった」

「え……」

ただおろおろするしかない俺に、白河さんは顔を上げて訴える。

「初めてじゃないの、あたし。ここのお祭りじゃないけど、こうして浴衣で男の人と歩くのも……一緒に花火を見るのも」

そう語る表情は、せつなく歪んでいる。

「初めてがよかったよぉ……」

その両目から、涙が溢れた。

「……!?」

驚いて声も出ない俺の前で、彼女は行き交う人の視線から逃れるように、両手で顔を覆う。

「リュートと全部、初めてがよかった……自分の記憶を消したいよ……」

ひっくと肩を揺らして、白河さんは泣いていた。

「リュートはあたしにいろんな初めてをくれるのに……あたしはそれが嬉しいのに……あたしはリュートに、初めてをあげられない……」

普段は明るい彼女が、こんなふうに泣きじゃくるなんて。

その驚きで呆然としていた俺は、そこではっとした。

「もらったよ、たくさん」

思わず、そう言っていた。

「デートの場所が初めてじゃなくても……白河さんが俺といるときに感じる気持ちが、今までとは違うものだとしたら……俺はそれが嬉しい」

時は戻せない。過去をなかったことにはできないけど……過ぎた日々のことを悔やんで、そんなに心を痛めないで欲しいと思った。

今、目の前にいる白河さんのことが、俺は本当に大好きだから。

「リュート……」

白河さんは潤んだ瞳を揺らめかせる。

「それ、持つよ」

白河さんの手からタピオカのカップを受け取って、俺は彼女と手を繋いだ。

俺たちは、しばらく無言で歩いた。

さっきはほとんど休憩中のようだったお好み焼き屋さんが、並んでいるお客さんを前にせわしなくコテを振るっている。どこかにあるポン菓子の店から「ポン！」と大きな音がして、周りの人たちが一瞬どよめいた。

「……矛盾してるって、自分でも思うけど」

りんご飴をかじるのを中断して、白河さんが再び喋り始めた。

「リュートと付き合えたのが、今でよかったって思う気持ちもあるんだ」

どういうことだろうと続きを待つ俺に、白河さんは少し微笑みかけてくれる。

「初めて付き合ったのがリュートだったら……あたし、これが当たり前だと思って、リュートの素敵なところをいっぱい見逃してた気がする」

そうつぶやいて、くすりと笑う。

「それどころか、『うちの彼氏、なかなか手出してくれないんだけど、愛されてないのかな？』とか、友達に愚痴ってたかも」

「え、つら……」

白河さんのいつもの口調を真似して言うと、白河さんは「あはは」と笑った。

「……前まで、彼氏に求められると、安心したの。あたし、愛されてるんだって。あたしの居場所はここでいいんだって思えた」

遠い日の苦しみを悼むかのように、白河さんは目を細める。

「今考えると、それって逆に、エッチのとき以外は愛を実感できてなかったってことなんだよね」

自嘲気味に笑う彼女の話に、俺はじっと耳を傾ける。

「今のあたしだから、わかるのかも。リュートがあたしのこと……すごく想ってくれてるってこと」

少し視線を落として、白河さんは幸せそうに微笑む。

「そう思ったら……今までの恋愛も、辛かったことも……ムダじゃなかったかもって思える気がするんだ」

「白河さん……」

初めての彼女が、経験済みだった。

その事実に思うところがあるのは、男の方だけだと思っていた。

でもまさか、彼女の方も、そんなことを思っていたなんて……。

もう充分だと思った。

そろそろ俺は、白河さんの元カレのことを乗り越えられそうだ。

「白河さん、サバゲーってしたことある？」

「えっ、急にどうしたの？」

不意に話題を変えた俺に、白河さんは目を丸くしつつも、首を横に振る。

「ない。なんだっけ、それ。森の中で撃ち合うやつだっけ？」

「そうそう。イッチ……友達二人と、ずっと行きたいねって言ってるんだけど、行こうとしてるとこが六人からで、三人足りなくて……。よかったら一緒に行かない？　白河さんと……山名さんと、彼氏さんとかで」

「あーニコル今彼氏いないんだ」

「そうか……」

「でも行きたい！　アカリとか誘っていい？　うちのクラスの女子！」

「う、うん、いいよ」

頷いたものの、やべーことを言ってしまった気がする。陽キャ女子に囲まれてガチガチになるイッチーとニッシー、そして彼らの山名さんへの居酒屋の件での愛憎、後日「白河さんと見せつけやがって似非陰キャめ！」と罵倒されることを想像したら、暑いのに冷や汗が出てきた。

でも、誘いたかったんだ。

白河さんが、今まで絶対に行ったことがなさそうな場所に。

「白河さん、初めてのこと、俺といっぱいしよう」

勢いこんで言う俺を、白河さんは大きな目でじっと見つめる。

「俺たち、付き合う前まで、全然違う世界にいたはずだから……その気になれば、いくらでもできると思うんだ。一緒に、新しい経験」

「リュート……」

白河さんの瞳に、再び煌めくものが浮かんできて。

「……うん、そうだね。二人で、初めてのこと、いっぱいしよーね」

繋いだ手をぎゅっと握って、白河さんが身を寄せてくる。下駄の底がカランと鳴る。

「……リュート、大好き」

フルーティだかフローラルだかな香りが濃く漂って、そっと耳に囁かれた甘い響きを、大人になってもずっと覚えていたいと強く噛み締めた。

◇

露店の通りを山道の方へずっと歩いていくと、道の角に一軒の目立つ出店があった。

それはアクセサリー屋さんだった。白い布をかけた台の上にトレーが置かれて、色とりどりの石が嵌(はま)った指輪やイヤリングが並んでいる。店の人は、髪を二色に染め分けたオシャレなお姉さんで、いかにもこだわりがありそうな雰囲気の人だ。

「天然石のアクセサリーです。わたしがトルコまで買いつけに行って作ってるから、市場価格よりずっと安いですよ。手作りだから、全部一点ものです」

興味を示して近づいた白河さんに、お姉さんが話しかける。

「へぇ～素敵！　でもあたし、石とか全然わかんないんですけど」

「最初は誕生石から入る人が多いですよ。お誕生日、何月ですか？」

「えっと、六月です」

「じゃあ、ムーンストーンですね」

「月の石(ムーンストーン)……」

自分の名前に由来する石の名に、白河さんは俄然(がぜん)興味を惹(ひ)かれたようだ。

「ムーンストーンは、この石なんですけど」

見本の原石を見せられて、白河さんは目を輝かせる。

「わぁ、キレイ！」

「あ、かわいー！」

ミルクをお湯に溶かしたような透明感のある乳白色の石は、ほんのりパールっぽく艶めいていて神秘的だ。月の石、と言われれば、そんなふうにも見えそうな気がしてくる。

「この石だと、どんなデザインがありますか？」

「こちらのイヤリングとか」

「イヤリングかぁ」

「イヤカフなので、ピアスの人も使えますよ」

「うーん……せっかくだからもっと石が大きいのがいいなぁ。リングあります？」

「指輪ですか？　指輪は……ああ、ムーンストーンはさっき売れちゃって……っていうか、あれ？」

そこでお姉さんと俺の目が合い、お姉さんは目を見開く。

「あ……」

白河さんとお姉さんの会話が続いて、切り出すタイミングがなかったのだ。ここで言おうかと思ったとき。

「んー残念ですね。お客さんにピッタリと思ったんだけど」

店のお姉さんは、なぜか白河さんにそう言って、俺に目配せしてくる。

「ほんと残念……。また来ますー」

「すいません、来年もたぶん出てますので－！」

お姉さんの声に見送られて、白河さんは名残惜しげに再び歩き出す。

「ムーンストーンだって。初めて知ったけど、キレイだね～。リングあったら欲しかったなぁ」

そう言うと、白河さんは手を顔の前に出して、五指を広げる。

「だいぶ伸びちゃったけど、このネイルについてる飾り、シェルっていうのね、このシェルと色合いが似てるから、絶対ピッタリ合うと思ったんだけどなぁ」

「そ、そっか」

心臓がバクバクしていた。

実は……さっきあの店で、ムーンストーンの指輪を買ったのは俺だ。

もちろん、白河さんの誕生石とか、月の石だとか、そんなことで決めたわけではない。店のオシャレなお姉さんと話すのも緊張してしまうので、何度か通り過ぎながら遠目にチラチラ眺めて値段を確認して、フリーサイズだと書いてあったから一発で決めただけだ。

いつ言おう。

いつ渡そう……。

ついさっき手に入れたところだから、計画などまるでなかった。

「まぁいっか。あ、ねぇ見て見てあれ〜」

そうして別のことに興味を移した白河さんは、タピオカとりんご飴をちびちび消費しながら、その後も何くれとなく俺に話しかけてくれる。それに相槌を打ちながら、俺はずっと指輪のことを考えてそわそわしていた。

「……あーでもさっきの石、ほんと可愛かったな」

いくつか話題が変わったあとで、白河さんはまた天然石アクセサリーの話に戻ってくる。

「帰りにもう一度通ったら、やっぱイヤカフ見てみようかな？　でもちょっと高かったよねー。五千円だって。スマホ代払わなきゃだし……五百円だったらよかったのになぁ」

「そうだね……」

そんな話をしながら、俺たちは山道を上って、神社の境内までやってきた。

急な石段を上った先にある小さな神社で、普段は森閑としていることが想像できる。今は境内にも出店が並んでいて、賑やかな田舎の鎮守様だった。

「せっかくだし、お参りしよっか」

白河さんに誘われて、拝殿の前でお賽銭を投げてお祈りする。

「なにお祈りしたの、リュート？」

「ん？　えーっと……」

俺の心の中の願い事は、ただひとつ。

白河さんと、ずっと一緒にいられますように。

でも、それは欲張りすぎるから。

今は、もう少し堅実なお願いにしておいた。

「白河さんと、いい二ヶ月記念日が過ごせますようにって」

そこで白河さんは、はっとした顔になる。

「覚えててくれたんだ……」

「ごめん、ほんとはちゃんとしたプレゼントあげたかったんだけど……」

俺の言葉半ばで、白河さんがブンブンと首を振る。

「いーよ、気持ちだけで」

そして、煌めく瞳で俺を見つめた。

「リュートとの出会いが、あたしにとって最高のプレゼントだから」

ひまわりの花のように、白河さんが笑う。

「ねぇ、あたしのお願い事、教えてあげようか？」

「え？　う、うん」

「『リュートと、ずっと一緒にいられますように』」

「あ……」

同じことを考えてくれていたんだと思ったら、胸がいっぱいになる。

そんな俺を見つめて、白河さんが微笑む。

「あのとき、罰ゲームでも、あたしに告ってくれてありがとう」

「白河さん……」

礼を言うのはこちらの方だと思う。

あのとき、教員駐車場に来てくれて。話したこともないクラスメイトの告白をオーケーしてくれて。

あれが、今日まで続く奇跡のような幸せの始まりだった。

「……あっ、白河さん」

ハッとして、俺は自分のポケットを探る。

「それで、ごめん。実は、プレゼントがないわけじゃないんだ……」

「えっ？」

驚いている白河さんに、フェルトのアクセサリー入れを渡す。中身を取り出した白河さんは、手のひらの上にある乳白色の石の指輪を見て絶句した。

「これ……！」

目を瞠り、口をパクパクさせて俺を見る。

「ウソッ⁉　ええっ⁉　いつ買ったの⁉」

「さっき……白河さんを迎えに行く前」

「なんで、これにしてくれたの……？」

「白河さんの今のネイルに、合うんじゃないかと思って……なんとなく。シェル？　とかのことは知らなかったけど」

言っているうちに、白河さんの瞳に、たゆたうものが浮かんでくる。

だから俺は、慌てて続けた。

「ほんとは、もっとちゃんとした……って言ったらあのお姉さんに失礼だけど、ちゃんと箱にリボンとかかけてツヤツヤの袋に入れてくれるようなお店で、もっと値段も高いものをって、思ったんだけど……」

せっかくバイト代をもらったんだし、誕生日から時間が経ってしまったからその分も上乗せして……という気持ちだったんだけど。この小さな海辺の街に、そういった類のお店は検索しても見つからなかった。だから、間に合わせのつもりだったのに。

まさか、こんなに喜んでもらえるなんて。

「ううん。充分すぎるよ……」

白河さんは、涙を溜めたまま首を横に振る。

「今はこれがいい」

そう言って、恥ずかしそうに微笑む。

「そういうのをもらう楽しみは、ずっと先にとっときたいから……」

ずっと先……？

頭の中で、ウェディングドレスを着た白河さんが俺に微笑む。

「……ね、これはめてくれる？」

白河さんに言われて、呆然としていた俺は我に返った。

「あっ、うん」

白河さんの手から指輪を受け取り、どの指にはめようかと彼女を見る。

「うーん、じゃあ、ここ！」

白河さんは、右手をこちらに差し出して、薬指をヒラヒラさせる。

「わかった」

左手でなかったことを少しだけ残念に思う俺に、白河さんが微笑みかける。

「今はまだ……ね」

「……うん」

心が温かくなって、ひとりでに笑みが溢れてくる。

本当に、そんな未来があるって信じてもいいのだろうか。

白河さんとずっと一緒にいられる、そんな未来が。

俺だけの願いだったら自信がないけど。白河さんの……こんないい子の願い事だったら、神様も叶えてくれるかもしれない。

「……わーキレイ！」

頰を上気させた白河さんが、ムーンストーンのはまった右手を空に掲げる。

「月が二つになったみたい……」

宵の空に昇りつつある丸いものと見比べて、頰を染めたままの彼女が、嬉しそうにつぶやいたときだった。

パァン！

辺り一帯に、乾いた破裂音が鳴り響いた。

同時に、まだうっすら明るい空に、大きな光の花が煌めく。

「えっ、もう花火の時間⁉」

白河さんが目を見開いた。

予定では、浜辺で花火鑑賞するはずだったが、俺たちはまだ高台の神社にいる。せめて見やすい場所に行こうと、木々が邪魔にならないところを探して移動した。

神社を出て、二手に分かれている階段をさらに上ると、小道の途中に視界が開けた場所があった。人の流れは神社か浜辺に向かっているので、先客もいなくて落ち着いた場所だ。

「やった！　穴場じゃん」

「だね」

打ち上がる花火は、ちょうど目線の高さで花開く。見上げなくて済むのが楽だ。

「リュート」

ふと、白河さんが身を寄せてきた。俺の腕を取って、自分の腕を絡めてくる。二の腕に当たるやわらかい感触に、鼓動が急激に速くなった。

「花火が終わるまで、こうしてていい？」

甘えたような鼻にかかった声で尋ねられて。俺はおずおず頷く。

「う、うん」

隣から、ふふっという笑い声が聞こえた。

「……心が近づくと、自然と相手に近づきたくなるんだね。リュートと付き合って、初めて知ったよ」

花火はゆっくりとしたペースで、間断なく打ち上がっている。急速に闇に沈んでいく景色の中で、隣の白河さんの声が心地よく耳に響いた。

「リュートのことが好き。この気持ちが続いていったら、きっとあたし……リュートとエッチがしたくなると思う」

白河さん……。

胸が高鳴って隣を見ると、上目遣いの彼女と目が合った。

白河さんが腕をほどき、俺たちは向かい合って見つめ合う。

白河さんが、恥ずかしそうに目を逸らす。

再び目が合った彼女に、俺は伝えた。

「大好きだよ、月愛」

その瞳がみるみる潤んで盛り上がり、溢れて一筋頬に流れる。

「あたしも」

胸に迫るものをこらえるように、彼女は言った。

「あたしも、リュートが大好き」

頬に流れる涙を拭って、俺は彼女に顔を近づける。その大きな愛らしい瞳が閉じるのを見て、そっと唇を重ねた。

花火の音がする。

愛しい彼女の温もりを感じる。

それが、今の俺の世界のすべてだった。

第五・五章　ルナとニコルの長電話

「あ、ニコル、おつー！」

「ルナもおつー！　明日こっち帰ってくるんだっけ？　全然そっち行けなくてごめんね」

「ううん、一度来てくれただけで充分！　リュートもいたし」

「そーよ、あの男。あれからどう？　改心した？」

「あはは、改心って」

「まあ、あいつがまたよからぬ気を起こしそうなら、あたしがシメてやるから。気配があったらすぐ言いな」

「だいじょぶだよ、リュートは」

「この前もそう言ってたけど、実際あんたの妹と隠れて会ってたわけじゃん？」

「あれは事情があってだし、結局浮気じゃなかったから。言ったでしょ？」

「まーそうだけどさ」

「ニコルが心配してくれる気持ちは嬉しいよ。ありがと」

「……まー、あたしもあいつが器用に浮気なんてできる男とは思わないけど」

「うん。リュートはそんな悪いことしないよ」

「でも『心変わり』は『心が悪い』わけじゃないからね。付き合って一ヶ月でフザケンナとは思うけど」

「あ、出た、ニコル先生の今日のポエム」

「『心変わりは、心が悪ぃわけじゃないんだなぁ。にこを』」

「あはは、先生、口悪っ」

「だけど、心変わりにしたって、相手が双子の妹とか鬼畜の所業よね」

「あれはいろんなタイミングが悪かったんだって。話したじゃん？」

「まあね……一応、納得はできたけど」

「……今までの彼氏はね、離れてるとき、いつも不安だったんだ。今なにしてるんだろ？他の女の子と一緒にいないかな？　って」

「実際、浮気されてたわけだしね」

「……でも、リュートは違うんだ」

「それはさ、この二週間ずっと一緒にいたからじゃないの？　離れてないんだから、心配しようがないじゃん」

「それはそうだけど、でも、東京に帰っても、前とは違う気がする」

「どんなふうに？」

「この前はさ、結局あたしが弱かったんだよ。リュートのこと、信じてるって言いながら最後まで信じきれなくて、現実と向き合うのが怖くて逃げちゃったから……。あのとき、すぐにリュートと向き合えてたら、二週間も悩まなくて済んだのに」

「今のルナは、強くなったの？」

「うん。たぶん……この先リュートとの間に何かがあっても、もう逃げることはしないと思う」

「……そっか」

「この二週間、いろんな話をしたの。おとーさんとおかーさんのこととか……海愛のこととか。過去の彼氏の話も」

「ん……」

「あたしのこと、今までより知ってもらえたと思うし……リュートのあたしへの気持ちも、いっぱい聞けた。だから、へーキ」

そう言って月愛が見つめる先にあるのは、左手の薬指に輝く乳白色の指輪だった。

「これからは、傍にいないときでも、心は繫がってる気がするから」

エピローグ

「あ〜宿題終わんなーいっ！」

まだまだ残暑の厳しい、八月の最終週。

クーラーの効いた俺の部屋で、折り畳みテーブルを囲んで向かい合って座った月愛が叫んだ。テーブルの上には、山ほどの白紙を残した英語のワークが載っている。

二週間の千葉滞在によって、すっかり親公認の交際になってしまった俺たちなので、溜まった宿題を終えるために、今週は連日こうして勉強会だ。

俺の自宅はマンションで、壁を隔ててすぐ隣のリビングキッチンには母がいるから、よからぬことはできないようになっている。

「千葉は楽しかったなぁ……」

月愛はため息をついて現実逃避する。

「サヨばあが、よかったら来年も遊びに来てって言ってたよ」

「俺も？」

「うん。受験生でも、夏祭りくらい息抜きに行ったらって」

「そうか……」

サヨさんのお気持ちはありがたい。それに、一年後も曽孫娘と付き合っていてもかまわない男だと認めてくれたということなのかなと思うと嬉しい。

「来年かぁ……」

勉強漬けで暗黒の天王山サマーを思い描いて、俺もため息が出る。

すると、月愛がふとつぶやく。

「その頃のうちらってさ……きっともう……」

俺の様子をうかがうように、ちらっと上目遣いでこちらを見る。その頬は赤らんでいた。

「今よりもっと、仲良しになってるよね」

「えっ……そ、そうだね」

ついエッチなことを想像してしまったが、言葉通り受け取れば恥ずかしがる必要はない。

だが、月愛は俺の動揺を見逃さない。

「あー、リュート顔真っ赤ー！　なに考えてたの？」

「そんな……白河さんだって！」

「あー！　苗字呼びに戻ってる！」

「ごっ、ごめん、しらか……あっ、月愛」

「ほぼフルネームじゃん」

月愛が笑いながらツッコんでくる。

「ま、まあ、それはそれとして……ほら、宿題の続きやるよ」

「だって、わかんないんだもん……あ！　でもこれはわかる──！」

明るい声を上げて、月愛が急にスラスラとペンを走らせる。

「あっ、すごいじゃん」

確認するため、俺は彼女のワークをのぞきこむ。

そこに書いてあったのは。

He is the last man to tell a lie.

「……リュートのことだから、もう忘れないんだ」

目の前で、月愛が幸せそうに微笑む。

「月愛……」

俺の彼女は、経験済みだ。

でも、そんなのは重要なことじゃない。

最近少しずつ、本心からそう思うことができるようになってきた。

「あーでも、こっちはわかんないなー」

「どれ？」

彼女が別の問題を指差し、俺は再びワークをのぞきこむ。

すると……。

「隙アリッ！」

月愛が首を伸ばして、俺の頬にあたたかいものが触れてチュッと音がした。

「……えへへ、リュート大好き」

「〜〜〜〜！」

してやったり顔で微笑む彼女に、俺は赤面してしまって抗議することもできない。

夏休みの宿題は、まだ当分終わりそうになかった。

あとがき

こんにちは、長岡マキ子です。二巻もお手に取ってくださり、ありがとうございます！

夏です！　海です！　刊行時期的に気が早いことこの上ないですが、一足（？）先に夏気分を味わっていただけたらなぁと思います。

二巻は「エモ＆エロ」を自分の中でのテーマにして書きました（R＆Bのリズムで読んでください）。現実世界でどうだったかはともかく、なんかこんな青春あった気がする……と思っていただけたら嬉しいです。ああ、なつかしい……私にもこんな夏の思い出が……女子校だから、なかった。

公園の海愛のシーン、個人的にエモいです。これから何が起こるかわかっているのに、好きな人に会えるのが嬉しい乙女心。

まんま実体験に基づいたエピソードもあります。

十年くらい前まで塾講師のアルバイトをしていて、主に高校生に英語を教えていたのですが、そこで生徒に言われた「リエにテルする」は、なかなか絶望度とおもしろ度が高くて印象深いリアル誤解答です。「テルする」ってどの意味だったんだろう。

　それはともかく、夏ってエモいですよね。あとエロいですよね。

　祭りも花火も海水浴も難しくなってしまった今、夏への憧憬は強まるばかりです。


　今回も、イラストのｍａｇａｋｏ様には、とんでもなく素敵なイラストの数々を描いていただき、感謝してもしきれません……！　文中の細かな描写までイラストで表現してくださり、ありがとうございます！（読者の皆様、表紙の月愛のネイル見てください～！）

　担当の松林様、今回も大変お世話になりました！　スケジュール管理等いろいろやっていただけるおかげで、安心して作業に集中できます。この勢いで、引き続き頑張りたいです！　頑張らせてください！

　最後に、一巻から応援してくださって、二巻もお読みくださった読者の皆様に、厚く御礼を申し上げます。

　またお会いできますことを、切に、切に願っております……！

二〇二一年二月　長岡マキ子

お便りはこちらまで

〒一〇二‐八一七七
ファンタジア文庫編集部気付
長岡マキ子（様）宛
ｍａｇａｋｏ（様）宛

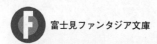

富士見ファンタジア文庫

経験(けいけん)済(ず)みなキミと、経験(けいけん)ゼロなオレが、お付(つ)き合(あ)いする話(はなし)。その2

令和3年3月20日　初版発行
令和5年5月25日　12版発行

著者――長岡(ながおか)マキ子(こ)

発行者――山下直久
発　行――株式会社KADOKAWA
〒102-8177
東京都千代田区富士見2-13-3
0570-002-301（ナビダイヤル）
印刷所――株式会社KADOKAWA
製本所――株式会社KADOKAWA

ISBN978-4-04-073993-9 C0193 ◆◇◇